LUIS SEPÚLVEDA
HISTORIAS MARGINALES

塞普尔维达作品系列

边缘故事集

〔智利〕路易斯·塞普尔维达 著

施杰 李雪菲 译

人民文学出版社
PEOPLE'S LITERATURE PUBLISHING HOUSE

著作权合同登记号：图字 01-2023-1650

图书在版编目（CIP）数据

边缘故事集/（智）路易斯·塞普尔维达著；施杰，
李雪菲译.—北京：人民文学出版社，2017（2024.6 重印）
（塞普尔维达作品系列）
ISBN 978-7-02-012442-8

Ⅰ.①边…　Ⅱ.①路…　②施…　③李…　Ⅲ.①故事-
作品集-智利-现代　Ⅳ.①I784.45

中国版本图书馆 CIP 数据核字（2017）第 033749 号

责任编辑	卜艳冰	欧雪勤
封面设计	汪佳诗	

出版发行	人民文学出版社	
社　　址	北京市朝内大街 166 号	
邮政编码	100705	
印　　刷	山东新华印务有限公司	
经　　销	全国新华书店等	
字　　数	89 千字	
开　　本	850 毫米×1168 毫米　1/32	
印　　张	5.75	
插　　页	2	
版　　次	2017 年 5 月北京第 1 版	
印　　次	2024 年 6 月第 2 次印刷	
书　　号	978-7-02-012442-8	
定　　价	45.00 元	

如有印装质量问题，请与本社图书销售中心调换。电话：01065233595

目 录

边缘故事

几年前我造访了位于德国境内的贝尔根·贝尔森集中营①。在难忍的死寂中，我走在躺着千万罹难者的公墓间，自问在哪个墓洞里安放着那位女孩的遗骨——关于纳粹暴行最感人至深的证据来自她的遗赠，她也将那份确信传递给了我们：文字是至高至大且长存不灭的庇护所，因其砖石是用记忆的灰泥凝聚筑成。我行走，我寻找，我遍寻不着。没有任何标识能够将我引向安妮·弗兰克的沉睡之所。

肉体的亡故之后，号为遗忘与无名的两位刽子手又赐予人类第二次死亡。死一个人是场丑闻，死一千个便只是个数字——这句话是戈培尔说的，而智利的军人、阿根廷的军人

---

① 又称贝尔森，于1943年7月建立，纳粹德国集中营，在距汉诺威州采勒（当时属普鲁士）西北16千米处的贝尔根和贝尔森两村附近。

以及假扮成民主主义者的他们的同党曾经重述且仍在重述着它；米洛舍维奇们、姆拉迪奇们以及化装为和平谈判者的他们的共谋曾经重述且仍在重述着它；在离欧洲如此之近的阿尔及利亚，屠杀者们亦鄙夷地将这句话唾在我们脸上[①]。

贝尔根·贝尔森的确不是个适合散步的地方，恶行的重量压在人的头顶。"要让它不再重演，作为我来说又能做些什么呢？"这样的窒闷继而催生出想要认识每一位受难者，讲述他们的故事，紧握文字这唯一足以对抗遗忘的武器，去叙述我们的父辈、爱人、子孙、近邻以及友人的那些辉煌荣耀或是微不足道的事迹的愿望。生命也可以成为对抗遗忘的一种方法，正如巴西诗人吉马良斯·罗萨所说，叙述即反抗。

在集中营的一端、距离那些声名狼藉的尸体焚烧炉仅几步之遥的地方，在一块大石粗粝的表面上，有人——谁呢？——许是借助小刀或铁钉，刻下了这最似诗剧的呼喊："我曾存在于此，无人会讲述我的故事。"

[①] 1945 年 5 月 8 日，阿尔及利亚欢庆反法西斯战争胜利，同时向驻阿尔及利亚的法国殖民当局要求独立和自由，但法国命令出动全副武装的军队向游行示威的民众开火，从那以后的一个月里，大量阿尔及利亚人被法国殖民军所杀。

我亲眼见过许多画家的作品，抱歉，直至今日我也未曾在其中的哪幅画作里体味到像蒙克的《呐喊》所能激发出的心灵的震颤。我也曾经面对不计其数的雕塑，而只有在奥古斯丁·伊瓦罗拉①的创作中我才找到了用语言所永远不及表述的激情与柔软。我猜想我读过的书也该有几千本了吧，还从来没有哪段文字能像这句镌刻于石块上的话语一样，坚硬、神秘、美丽，又让人心如刀绞。

　　"我曾存在于此，无人会讲述我的故事。"句子这样写道。写于何时？是出自女性还是男性之手？刻下它的时候，作者想着的是他自己独一无二的英雄履历，或者，竟是背负着所有未能出现在新闻报道中、无人为其树碑立传、在生命的街道中匆匆走过的可怜人之名？

　　我不知自己在那块石头跟前站了多久，但伴着时渐西下的夕阳，我看见有更多双手在殷勤拂拭着那段铭文，不让遗忘的尘土将它掩埋：俄罗斯姑娘弗拉斯卡，她面朝只剩一具枯瘦骨架的咸海②，向我讲述着她是如何对抗过那最终杀死了一片满

---

① 奥古斯丁·伊瓦罗拉（1930—2023），西班牙巴斯克画家、雕塑家。
② 一个位于中亚的内流咸水湖，坐落于哈萨克斯坦和乌兹别克斯坦的交界处。

载生命的海洋的疯狂；德国人弗雷德里希·尼曼特——费德里科·无名①，他于一九四〇年被宣告死亡，而直到一九六六年他还在踏破铁鞋奔走于官僚主义的庙堂间，只为证明自己还活着；阿根廷人卢卡斯，他烦透了虚伪至极的长篇大论，决心以一己之力拯救巴塔哥尼亚在安第斯山区的林地；智利人加尔维斯老师，在一段他永远都无法理解的流亡之中梦回破旧的教室，醒来时满手粉笔的白灰；厄瓜多尔人比达尔，他将葛丽泰·嘉宝奉为支柱，强忍着地主的殴打；意大利人朱塞佩，他因为错误来到智利，因为错误走入婚姻殿堂，因为错误结识了最好的朋友，又因为另一个巨大的错误获得了幸福，他坚决维护着人犯错的权利；还有深爱着每一艘船的孟加拉人辛巴先生，他亲手领着它们走向毁灭，向它们不住地赞颂着它们犁过的海水之美；更有我的朋友弗雷迪·塔维尔纳，面对谋杀，他投之以歌……

　　他们所有人，以及在那里的更多人，他们的手掌还在反复擦拭着那句石上遗言，而我知道，我必须讲述他们的故事。

---

① 后者是前者的西班牙语译名，德语 Niemand（尼曼特）的释义即"无名"。

阿瓜鲁纳[①] 雨林之夜

　　我不认识那个驻足于河岸边、深呼吸着、当辨认出那股在空气中巡游的味道时扬起嘴角的男人。我不认识他，但我知道，他是我的兄弟。

　　那个晓得花粉的旅行是被专横的风所牵拉，但自信的它永远只是梦想着那片等待着它的丰沃的原野的男人，他是我的兄弟。

　　我的兄弟知道许多事。譬如他知道，一克花粉就好比一克自己，来自远古的淤泥以及从枝杈、果实与子孙中鲜活升腾起的神秘是它甜蜜的宿命，而恒常的变化、无可回避的开始和必然而然的结束是它美丽的确定，因为不变蕴含着永久的危险，而只有诸神才拥有永恒的时态。

---

①　亚马孙雨林西北区域的原住民部族。

那个在溪岸的细沙上推着木舟、预备去领受在雨林的每个日落时都将打开隐秘之门的神迹的男人，必定是我的兄弟。

当白昼之光纤巧的抵抗终于暧昧地被昏暗的怀抱所战胜，我听见他呢喃起他的小船所应得的话："我找到你时你还粗不及一根枝丫，我清扫你周围的土地保护你免受白蚁记挂，我扶直你的树干拉扯你快长高长大，伐倒你作为我在水中的肉身时，每一斧子下去我的手臂上就裂开一道瘢疤。而后在水里我向你立下誓言，我们要一同继续你在身为种子时开始的旅程。我履行了我的承诺。我们两不相欠。"

于是那个男人看见一切都变了，就在日光倦于变得千倍渺小、不愿再散落为片片金鳞随溪水漂流的刹那，世界发生了变化。

雨林捂灭了它浓重的绿。鵎鵼 ① 为羽翎的华光拉上帷幕。浣熊的瞳孔不再映出果实的天真。不知疲倦的蚂蚁暂时停止向它的锥形宅邸搬运地球。鳄鱼决定睁开双眼让暗影向它揭示它白日里不愿目见的种种。河水的流动变得平缓下来，对

---

① 又名巨嘴鸟，主要分布在南美洲热带森林中，尤以亚马孙河口一带为多。

自己可怕的浩大毫不自知。

那个把护身符——绿色和蓝色的小石子，教河流安于其所——摆放在河滩上的男人，他是我的兄弟，同他一道，我望着月亮时不时在云中显露，为树冠镀上银装。我听他吟唱："一切都理所应当。黑夜挤捏着果实的汁浆，叫醒了昆虫的欲望，安抚着飞鸟的焦躁，阴凉了走兽的皮囊，它一声令下，萤火虫燕舞霓裳。是的。一切都理所应当。"

已攀缘到它的石祭坛上，盘踞于身体诅咒之上的森蚺①举头望天，用无可救药的强者所拥有的无邪目光。它黄灿灿的眼是两颗出神的宝石，对追踪着猎物的食不果腹的豹充耳不闻，它在当季无雨的微风中心无旁骛，任凭气流源源不断地将花粉送去因他人的聪慧或悭吝，抑或闪电毫无情面的劈杀所开辟出的每一片空场。

那个如今正在沙滩上播撒着任何能在他的故土上生长的种子、为之后能将自己疲惫的身躯铺展其上的男人，是我不可或缺的兄弟。

树莓的种子坚硬，可每一张在爱情里尝到它酸甜滋味的

---

① 世界上体形最大的蛇之一，栖息于南美洲。

贪婪的嘴都会把它带进梦里。胭脂树的种子粗糙，但它火红的果肉装点着每一位蒙神拣选的姑娘的脸孔和身体。死藤①的种子刺扎，也许只有这样才能掩盖它汁液的甘美，在老迈智者的庇护中服下一剂，疑问的苦痛烟消云散，你无需给出答案，因它滋养着一颗无知的心。

在护佑它们免受美洲狮侵袭的高枝上，长尾猴望见远方的光亮吓了一跳。是那个男人，我的兄弟，他点起了篝火邀我同享他的蓄积，他默默念诵着："一切都理所应当。火光引来了虫豸。豹子与食蚁兽远远地看着。树懒和蜥蜴意欲靠近。金龟子与赤蜈蚣在枝叶间探身谛听。火舌说木头燃烧着，没有怨恨。是的，一切都理所应当。"

那个男人，我的兄弟，他指点我把双脚移近，让温热的炭灰修补长途旅行落下的病。暗影让我认不清他的文身和他脸上涂抹的线条，但雨林知晓他部落的尊贵，以及他的文饰所标志着的地位与荣耀。

被暗夜所包裹着，他只是个普普通通的男人，雨林的男

---

① 亚马孙河流域热带雨林中的一种药用植物，汤药具有祛病提神、强身健体的功效。根据当地的传统风俗，死藤被看作神圣的象征，只有部落的萨满或草医懂得制备死藤水的方法。

人，他眺望着月亮、星星、过往的云，当他聆听并辨认着从密林中生出的每一个音：在虎爪中的猴的嘶叫，蟋蟀永远在同一个调子上的电报音，野猪们过于强烈的喘息，响尾蛇窸窸窣窣诅咒着自己猛毒的孤寂，赶去河岸产卵的龟的沉重脚步，因黑暗而缄默了的鹦鹉的无声呼吸。

就这样，慢慢地，他睡了，怀着感恩之心——为自己成了雨林之夜的一部分，为自己成了神秘的一部分，那神秘让他与最小的虫子结为兄弟，让他和绷紧了百岁肌肉正嘎吱作响着的商陆①融为一体。

我看着他睡去，自感荣幸能够共有这宁谧的秘义，它划定了生命未熟的提问与死亡终极的回答之间的距离。

---

① 常绿小乔木、园景树，产于南美洲。

失落之岛

它叫木洛希尼①，从高空看就像亚得里亚海上一块赭石色的斑，面朝着那个之前叫作南斯拉夫的国家的海岸。到那儿的时候，我没有庞大的计划和既定的期限，在阿尔塔托雷②一栋老旧的屋子里，我写下了或许可算是我第一部小说的手稿。

岛屿遍地李树开花，夹竹桃开花，人们开花。开着花的就比如奥尔伽，一个漂亮的克罗地亚姑娘，她与爱人共同担负着客店的活计，毫不羞耻地招呼着：全岛最平价！斯坦也开花了，这个斯洛文尼亚人每天傍晚都会支起他的烤架，他生起火来，梅子白兰地③一瓶瓶地都开了，无论是街坊还是路人都一并请上他的露天雅座，他的热情服务要让所有人好好体验一

---

① 现属克罗地亚的小岛。
② 木洛希尼一地名。
③ 东欧人常饮的一种烈酒。

把。开花的还有戈依科，为狂欢供应着鲜鱼和乌贼的黑山小伙子；以及弗拉多，总是引吭高歌着的马其顿汉子——谁都听不懂他在唱些什么，他的歌声却并未因此少些典雅。波斯尼亚药剂师、犹太人、反法西斯游击队前卫生员——莱温格丝丝入扣的故事是他的花。有时潘托，一个被海军逐出队伍的塞尔维亚人，会拉起他的手风琴，于是所有人都唱了起来，喝第二瓶梅子白兰地时我们便已手足一家：奥尔吉察、斯坦尼察、弗拉迪察、潘提察①。意大利语、德语、西班牙语、法语、塞尔维亚-克罗地亚语，感谢这巴别塔式的大杂烩让我们懂得彼此。

"唯一重要的就是相互理解。"他们跟我说。

"在南斯拉夫，我们所有人都是相互理解的。"他们又说。

Tschibili, salud, prosit, salute, santé。②

许多年里，木洛希尼都是我的秘密天堂，直到一些事发生了，眼见它明明白白地来，我的朋友们中却没有任何一个能够解释，而在谈起这个国家的历史时，在人们情绪的转变抑或态度的抗拒中又能清楚地觉察到它。

---

① 当地昵称以 -itza，即"察"结尾。
② 分别为塞尔维亚-克罗地亚语、西班牙语、德语、意大利语、法语的"干杯"。

当塞尔维亚民族主义的凶兽把切特尼克①的行头从博物馆里叼了出来，而克罗地亚民族主义的恶畜穿上了乌斯塔沙②的衣装，这个海岛也未能幸免于难。

奥尔伽对弗拉门戈舞锁上了心门，对任何非克罗地亚人闭起了客店的大门。潘托独自行进在阿尔塔托雷的街，拖着塞尔维亚的旗帜与掺着酒精的旧恨开始了一天的征程。弹手风琴的快乐文盲复述着民族主义者狂热的演讲，尤其冲着犹太人莱温格开炮，指控他身为波斯尼亚人，却是彻头彻尾的伊斯兰原教旨主义③者。斯坦去了卢布尔雅那④，只剩下被怨恨的剪刀铰得粉碎的相片遗落在他阿尔塔托雷美丽的家。戈依科和弗拉多也离开了这座岛屿，他们惧怕潘托——此人坚

---

① "二战"期间南斯拉夫的两大抗德武装力量之一，但有严重民族主义倾向。由于南斯拉夫地区包含七个主要民族，而切特尼克的成员大多是塞尔维亚人与黑山人，因此不仅德国纳粹，连南斯拉夫境内的克罗地亚人也成了他们打击的对象。1945年南斯拉夫人民共和国成立之后，切特尼克的高层被相继逮捕判刑，这一组织基本宣告终结，但其秉承的大塞尔维亚思想绵延至今。

② 克罗地亚的独立运动组织，于1929年4月20日在保加利亚首都索菲亚成立，Ustasha本意就有起义的意思。乌斯塔沙的目标是让克罗地亚从南斯拉夫独立，其领导人巴维里契与墨索里尼的意大利法西斯党有密切关系。

③ 指主张复兴伊斯兰教，使其回到最初的原始教义的宗教神学思潮。

④ 斯洛文尼亚首都。

持要训练他们加入他可悲的游行行列，为了他的大塞尔维亚；也惧怕奥尔伽——对她来说，他们是危险的东正教徒，必将威胁到她天主教的大克罗地亚。

莱温格赶在塞尔维亚包围圈扎紧前夕扎根萨拉热窝。从那里，他给我写了一封痛苦的信："我们至少还需要两代人才能摆脱民族主义的癌，它唯一的症状即是仇恨。"

每次我在地图上见到代表木洛希尼的那个斑点，我便知道它仍在那里、在亚得里亚海上，而我也明白，我已永远失去了它。到底发生了什么？我了解巴尔干半岛的历史，但我无法理解它当代的问题，我相信大多数塞尔维亚人、克罗地亚人、黑山人、科索沃人、斯洛文尼亚人、波斯尼亚人和马其顿人同样无法理解它，因为他们所知的也不过是处于有效操纵之下的官方的历史，胜利者们书写着它。

也许正如莱温格在信中所说，那缺失的两代人应当敢于正视他们动荡的历史，以兄弟之情维系的道义应当让位于唯一可能的过渡——它要击碎仇恨，天下布公。

失落之岛叫我痛心，它又一次提醒着我，一个对自己的历史没有深刻认识的民族会轻易落入欺诈者与假先知之手，从而再次犯下同样的错误。

双子杜亚尔特

如果说有什么能让飞机误点变得不那么难以忍受的，那一定是人，这个会因愤怒与无助结为兄弟的奇怪的种族一旦熬过了最初不知所措的几个小时便会松弛下来，嘟囔起"笑对风雨"的道理，全身心地投入到花边新闻与八卦消息之中。

在马德里机场一次可谓例行的误点中，全无兴致再掀起一阵无谓喧哗的我决定在这由"现代性"的囚徒所设计的坚硬座椅上睡上片刻。可我才将将合上眼，毫无分寸的一肘子就又让我把它们给睁开了。

"来一口？"说话的是个男人，看起来和我一般大，说着就把一个棕色的皮酒囊递了过来。

我接过酒囊。上一次尝到甘蔗酒的味道已经是很久以前的事了，这种平民百姓的烈酒没有果渣酒的浓香，也没有烧酒的炙热，但在蒙得维的亚①的雨日里，只有它一直抚慰我的心。

我把酒囊递还给了他，随即我们握手。

"杜亚尔特。"他说。我也以我的姓氏作答。

他是乌拉圭人，是去法兰克福的，再从那里转机前往莫斯科，他想到那儿购置些马戏道具。

"以前俄罗斯有许多不错的马戏团，可都被一一撤了，或是转了私营，然后就见鬼去了。连马戏学校都被他们给关了。这可都是他们亲手造的啊！"杜亚尔特抱怨着。

我对马戏知之甚少，我猜他也发现了我的尴尬，因为他把一张照片拿给了我，上面有两个表演空中飞人的，长得可说是一模一样。

"我们是双子杜亚尔特，您应该听说过的。我们一直跟着鹰人马戏团②在全美洲巡回演出来着。对，这就是我们，双子杜亚尔特。"

我们又各自喝了一口。叫我跟一个空中飞人聊些什么好呢？

"您再想想。双子杜亚尔特。我们去过您的国家好几次

---

① 乌拉圭首都。
② 危地马拉的一个家族马戏团。

了，那时候我们团最大的腕儿还是'超神'卡皮呢。"

这会儿，爆米花的香气和锯末的味道一股脑儿冲进了我的回忆。如此遥远的童年的记忆投射出一只用铁栅与锁链搭成的巨轮的图影，巨轮内部，一位摩托车手正于无休无止的飞速环行中挑战着地球的重力。

"那个骑摩托的?"

"您看您记起我们来了吧?"

是的。可是我到底要跟这个空中飞人聊些什么好呢? 于是我问起了照片中的另一位主角。

"谁知道呢。可能死了吧。也可能没死。一九七四年的一天，我们在科洛尼亚①演出，一队士兵突然闯了进来，把我们统统带了去——小丑、橡皮人、驯虎师、魔术师、乐师，无一幸免。所有人被一起运到了兵营里，他们要我们一一说明身份，验明一个就放一个，直到一个兵一口咬定我弟弟特尔莫不是乌拉圭人也不是空中飞人，而是阿根廷人、游击队员。我们竭尽所能地跟他解释，拿出了出生证和各国的剪报，我们求他们再好好瞧瞧我们，我们分明就长得一样啊，可他们

_____

① 乌拉圭一港口。

就是不信，把他带去了普拉塔河①的那一头。之后我就再也没有听到过他的消息。"

蔗酒是涩的，像他的故事，一点一滴落进那片想要表现得无比平静的海。

弟弟被捕后，杜亚尔特并未离开马戏团。他依旧悬挂在吊杆上，想象那双在死亡三周跳后接住自己的坚实的手属于他的二重身。就这样，生活在空中继续，亦在地上延续，因为他结婚了——荣耀归于神圣的基因法则——他妻子也生下了一对双胞胎，其相似程度直叫人骇恐。

"这边这个叫特尔莫，跟我弟弟一样，另外这个叫罗洛，随我的名字。双子杜亚尔特。"他骄傲地介绍着，指着一张马戏节目单，节目单上，两个孩子穿着相同的花色紧身裤，怀里满满地抱着活鱼，正在招呼着观众。

广播里终于传来了登机通知，候机大厅中，我与杜亚尔特作别。我祝他好运，祝他在莫斯科找到需要的吊杆，祝他的护身符永远灵验，也叫他向双子杜亚尔特——自由的天空骑士、马戏团的圣婴——带去我的祝福。

---

① 南美洲重要河流之一，是阿根廷与乌拉圭、巴西的分界线。

辛巴先生

一九八二年的一天早上，某人嘹亮的叫喊把"莫比·迪克"①号上所有的船员从梦中刺醒。他想上船。我们当时正傍靠在新加坡，准备在这里给养完毕后再继续这段两个月前从鹿特丹始发的长途旅行。从这里出发，我们会首先前往位于婆罗洲北部的亚庇②，我们将在那儿最后购置些口粮，而后开足马力往北进发。

我们要避免与侵染着巴拉望③-菲律宾水域的海盗们发生任何接触，这群全无罗曼蒂克情调的暴徒会毫不犹豫地砍死整船的人。

---

① 船名取自梅尔维尔的小说《白鲸》，小说中，名为莫比·迪克的白鲸撞沉了捕鲸船，绞死了船长，全船人尽皆遇难。
② 曾译作哥打京那峇鲁，沙巴和婆罗洲著名旅游景点，东马来西亚工商业重镇。
③ 菲律宾西南部一个狭长的海岛。

我们的目的地是横滨港。几十名绿色和平组织①的成员将在那里等着我们，一同去阻止日本捕鲸船队的渔猎活动。

船长——一个姓特里尔②却被阿根廷船医莉莉安娜命名为"狐狸"的新西兰人——从栏杆上探出身子喝令道：

"上来吧，别他妈喊了！"

这时我才第一次见到那个男人的样子，他笑盈盈的，套着灯笼裤，顶着缠头布，活像一个从萨尔加里③的小说中摘出来的人物：

"早上好啊。我叫辛巴，我什么都会做。"

我们恰好缺个电工，而当船长告诉辛巴这里所有的船员都是志愿者，所以如果他只是检查检查电机，船上将付不了他多少工钱的时候，他回答说，钱无所谓。他只需要我们把他放在下一个途经的港口。

"这样我就能离天堂更近些了。"他说。

"天堂是个什么样啊？"有人问道。

---

① 一个国际性非政府组织，从事环保工作，总部位于荷兰阿姆斯特丹。

② 意为梗犬。

③ 埃米利奥·萨尔加里（1862—1911），意大利小说家，以冒险小说闻名，写过许多关于海盗的故事。

"挺凄凉。不过在那儿，我感觉幸福。"辛巴回答。

在去往亚庇的三天航程中，辛巴先生证明了他不仅是一名好电工，还是一位顶级的厨师、一个有趣的伙伴。带着一贯的庆典般的表情，他告诉我们他是孟加拉人，但生活在帝汶岛 ① 一个叫作西朗古邦的地方，位于欧库西 ② 以南约二十英里。他四十二年的岁月中有三十年是在海上度过的，而如今的他终于赚到了足够的钱可以购买天堂的一隅，他愿去那里安居。

我们在亚庇辞别了辛巴先生。我们惆怅了一阵子，可海上的生活——尤其是在"莫比·迪克"号这样的船上——会负责用一连串的问题来消解离别的伤。

之后辛巴先生便杳无音信，我也再没有想到过他。我从未伤神在地图上寻找过帝汶岛——这倒霉玩意儿——到底是在什么地方。

八年后，生活，那总被不可预知的风推着的生活，将我带到了帝汶。作为一部电视纪录片的脚本作者，世界最大的

---

① 马来群岛中的一个岛屿。
② 帝汶岛西北部属于东帝汶的一块飞地。

船舶墓场与全球收入最低的拆卸工人将是我要记述的对象。

一辆全路况越野车将我从欧库西送到了西朗古邦，它不是一个镇，不是一个乡，连个村都算不上，它是人类的蚁穴，千万只蚁人在这里啃咬、拉扯、毁灭着所有被宣告死亡的船只的任何关于尊严的迹象。

摄制组希望马上开工，我却不知从何下手。我记得一些惨烈的场景，而西朗古邦像粘在我神经元上的溃疡。很难想象有什么比垂死的船更加凄怆。船只在金属的呻吟中死去，无功，却负着屈从于宿命的羞耻。

我正与几个专职为金属、木头、绳材和机件的遗骸估价的高利贷者闲侃着的时候，一只手友好地摇了摇我的肩膀。

是辛巴先生，挂着与我初识他时相同的微笑，套着相同的灯笼裤，顶着相同的缠头布。

他甚至没给我时间问候他，在诸如"'莫比·迪克'号的伙伴们都怎样了？""你会在帝汶待上多久？"的提问中，他把我领到了一片深为铁锈与油污所毒的沙滩上。

"我的天堂。你觉得怎么样？"

"这就是你说的天堂？"我脱口而出。

"现在看着是荒凉了点，不过直到昨天还有两百多号人在这里拆着船呢。是艘运谷船。到现在还有一部分龙骨沉在水里。"

辛巴先生注意到了我的茫然，于是他谈起了他的工作。他用攒下来的钱买了一块网球场大小的沙滩，在这里，人们拆卸着他用自己的手引向死亡的船。

活儿很简单：人数削至最少的船工会把老朽的船驶到距岸约两海里的地方将它抛下，从此时起，辛巴先生将接管船舵。他等待着满潮。当它乍一临到，他便驾船全速冲往海滩，直至搁浅在岸边的细沙上。随后，早就预备好喷灯、锤子、铁条抑或白手的蚁人们将会完成剩余的劳动。

"确实有些悲凉，不过有我在，那些船在被拆解时不会觉得太过煎熬，因为在等待满潮到来时，我会跟它们说话，数点所有它们到过的港口、所有它们听过的语言、所有它们载过的海员、所有它们张起的旗号。船是尊贵的动物，在步入天堂的那一刻，它们心怀顺从。"

不知辛巴先生还有他废铁搭造的天堂现在怎样了？

在菲茨卡拉多 ^① 的足迹之后

如果我要写一本关于菲茨卡拉多的传记，我会这样开头：这是个可怜的人，树木阻隔了他投向马努^②的视线。

数个世纪以来，马努一直隐匿于征服者们贪婪的目光，少有的几个敢于深入雨林腹地的——为的是快速致富——或是永远迷失了方向，被大自然的自我防御机制所吞噬；或是失落地走了出来，扯着千奇百怪的谎话。

有人说他见到了亚马孙食人族，美丽而冷酷的女战士们于战斗的间隙在河岸的树桩上跳着欢悦的舞。现在的我们晓得，那是壮硕的巨水獭^③，同类中体形最大的一种，时至今日

---

① 秘鲁橡胶大亨，爱尔兰后裔，原名菲茨杰拉德，菲茨卡拉多为其西班牙语译名，他曾试图修建安第斯铁路和在雨林中产出冰块，均以失败告终。
② 位于秘鲁东南部的大片雨林。
③ 啮齿目的巨型种，长可达 2.5 米，重可达 220 公斤。

它们依旧统治着由马努河①与马德雷德迪奥斯河②汇成的小湖。

几百年来马努只沉睡在遗忘中，直到一八九六年欧洲与美国一致裁断，没有橡胶的恭顺，就没有财富、进步与繁荣。而那个被虚位以待着的人、史上最恶的暴发户之一、粗野癫狂又全无顾忌的卡洛斯·菲茨卡拉多，踏足马努。

这位美声唱法的发烧友总是随身携带着一部维克多牌唱机③与数百张碳素唱片。马奇根加人④奉之为"带来众神话语的人"，满怀景仰地招待了他，其出手之慷慨堪称楷模。库加帕库里斯人与阿斯瓦尔人也是异曲同工。对此，菲茨卡拉多的回应是奴役他们，让他们日日守在橡胶树的创口下接取数千滴的胶乳，尽管唯一富足地流淌着的是亚马孙原住民的血，最乐观的计算亦给出了一年死亡三万名印第安人的结果。这就是马努与西方基督教文明之间的初次交锋。

一年后，当菲茨卡拉多航行在乌鲁班巴河⑤，寻找着那个

---

① 秘鲁东南部的河流，从安第斯山脉东麓流经马努雨林流入亚马孙河流域。
② 秘鲁东南部和玻利维亚西北部的河流，河流名称意为圣母。
③ 著名唱机品牌，摩托罗拉的前身。
④ 与下文的库加帕库里斯人和阿斯瓦尔人均属秘鲁亚马孙河畔的印第安部落。
⑤ 位于秘鲁的南美洲河流，是部分可航行的亚马孙河上游。

可以同时作为铁路终站（在日耳曼已经下过吩咐）的良港时，雨林实施了它的复仇，永久吞没了这个嗜血的狂徒。

有人说他是因没入沼泽而死的，只剩头颅在外的时候，他唱起了咏叹调，这也是第一支于腐败枝叶的簇拥下达到高潮又在水泡汹涌的噼啪声中画上休止的吟咏。也有人称，一连数天在马德雷德迪奥斯河上的航行使他疲惫不堪，就在他打着盹的片刻，原住民们就着他的睡梦跳进了水中，任其随逝水漂流。

不管事实竟是怎样，菲茨卡拉多的死让世界忘却了这个叫作马努的地方，它始于海拔近四千米的特雷斯克鲁塞斯山 ① 的最高处，从这里望下去，是云的渊潭，时而泛灰，时而雪白，总让人觉得在层层霄华之下延续着的依旧是安第斯赭石色的图景，但你只需下行五百米，水之王国即扑入眼帘。

上头很冷，极冷，因突如其来的持续的雨又添了几分。这雨催成了稀薄的植被：细密的苔藓、无与伦比的兰、各类药草以及无数生着壮实根茎的植物，而它们又反过来过滤着携矿物质与沉渣而来的雨水——它负载着马努与亚马孙雨林

_____

① 位于安第斯山脉东部。

生命的营养素。

有时，在下降途中，从云层忽而开启的罅隙可以短暂地窥见哪汪绿宝石般的湖，或是哪队蛇颈鸟悠悠飞过，这种蹼足鸟生着青白色的羽毛、灰色的顾颈、鹅黄的长喙。此时我便感觉幸福，叹惋可怜的菲茨卡拉多从未能够知道，这个星球上生活着的九千种飞禽中，有近一千种竟汇集在马努雨林。而这种幸福感却也只在转瞬之间，因为随即我便记起，在那古老而文明的欧洲，于世纪之初记载的三千种禽鸟，而今只余不足五百。这是何等盛大的邀请，愿周末狩猎的荒唐风习就此息灭，人们不再诛杀任何眼见会飞的东西。

下行仍在继续。在两千米的高度，温度依旧冰冷，水汽占领衣襟。向下的路途并不容易。土崩是常有的事，只需一棵灌木的根部稍稍折让，就会有成吨泥石滑落山底。

自一九八七年联合国教科文组织将马努列为人类文化遗产，从库斯科①直飞雨林即成为可能，但旅行的魅力正在于艰辛，而一切的努力都会得到应有的报偿，因为每下降一米，植被就换了，加增的是植物的类目、兰的品种，以及不知名

---

① 秘鲁东南部一城市，原为印加帝国首都。

的花的清新馥郁。万物生长，占据着愈加辽阔的土地，好像雨林巨大的意志决定最微小的空间里也不能没有生命。

再往下，温度逐渐上升，到了几乎与海平面齐平的皮尔科帕塔山谷①，云朵终于飘在头顶，这时呼吸着的就是——永远也不可能会弄错的——亚马孙的气息。马努的十六万公顷土地——几乎与瑞士一样大——就从这里起始，它们构建着这个星球上最后的自然花园，暂时幸免于黄金、木材或石油跨国公司的那颗破坏者的野心。

辛土亚村是从皮尔科帕塔发端的那条林中小路的终点。在那里享用了一整段小嘴鱼——异常可口的鱼肉，佐以椰浆烹制——之后，我同一个马奇根加人商量着，让他驾小木舟溯河而行，把我送到马德雷德迪奥斯河与马努雨林的交汇处。

马奇根加人大都能讲三种语言：平日里说的是他们自己的方言，凯楚阿语②用于与其他亚马孙部族交流无阻，此外还讲着一种充满仪式感、使用大量副动词形式③的西班牙语。

---

① 位于秘鲁境内。
② 亚马孙一部分原住民沿用的原印加王国的语言。
③ 与英语中的"动词+ing"形式类似，可以表示正在进行的、伴随的或同时发生的动作。

"不下雨的话，一路就可顺当。"他说着，我在舢板上坐定。我摸了摸河水，凉得很，像是在提醒我们，它的源头虽在至近，却是诞生自两千米高的山脊。

启航时，小舟上空飞舞着奇巧的石鸡，这种胸口铺着黑色柔毛的禽鸟脖子上点缀着一圈凸起，有红羽斗篷覆于其上，一直盖到脊背的中心。两岸的树上住着数千只鹦鹉，五彩缤纷的它们目送小船划过，眼带期许却保持安静。南美洲共有十六种鹦鹉，七种生活在马努雨林，它们满足于这里果实的富足，而将它们惊人的天赋靡费在模仿各种声音，譬如角蛙粗鲁而低沉的鸣——这种体形庞大的两栖动物更像是一张不合比例的墨绿色大嘴顶上了一对棕色的角犀。

半浮于水面的树干上，有乌龟在邀你闲看马努的两万余种蝶，只因这里是斑斓炫彩之地，愿与蝴蝶一同证其美名，还有可可兰——一种惯生于桃榈树上的深红色的兰，每到日落时便磷光闪闪——以及新娘唇，另一种兰，蓝色的，闻着有香草的回甘。在这里亦有能够鼓煽飞蝶的幻彩，山酒花撩逗着一切饥渴的，来吮吸它橘色浆汁的香甜。

小舟前行着，雨林变幻，变是恒常的，相同从未有过。有时当我们绕过河水的拐角，树冠就被乌云掩了起来，另外几次，那些树干就像飘浮在笼盖大地的浓雾之间。缀在河中的小岛像极了诺亚的方舟，成百上千的物种栖息其上，除了为生存而战不存任何畏惧，除了必须的残忍不再动用武力。

在两块礁石间穿行着，驾舟者指了指附近低空中的一点，于是我有幸见到了那种罕见的鸟：食猴鹰①，在猛禽中也属最凶狠、最残酷的。

我的目光跟随着它的飞行。我知道，就比如，它会准确无误地降落到一只惊讶的嘟哝猴头顶。那是一种蜜色的长尾猴，有红色的眼睛和总像别人欠它似的表情，它们的尖叫会撼动雨林。鹰飞着，奋力将利爪扎进猴的身体，而猴会用它强韧的钩尾缠住鹰的脖子，扼住它，叫它窒息。两者之一将会取胜，但知道结果的只有雨林，没有更多的见证者，除了威严的豹猫、寡言的蟒蛇，或是哪个印第安人——为寻觅药材从亚马孙深处而来的皮罗人原住民②。

五个小时的溯游之旅把我送到了一片广阔的河滩，巨水獭是这里的主人，它们美丽、性感，始终警觉着凶暴顽固的

① 得名于希腊神话中的鹰身女妖。
② 亚马孙部族之一。

鳄的偷袭，幸运的是，如今，这也是它们唯一的天敌。

据测算，五十年前生活在亚马孙流域的巨水獭逾万头。它们的毛皮最终大部分都裹在了欧美贵妇人的身上。如今在马努只余下近一百头它们的后裔，这些也是我们苦痛的星球上仅存的巨水獭。

马努是幸存之地，是反差之地。它每公顷的土地上生长着多达两百种树木，而在全欧洲范围内，这个数字尚不足一百六十。万物在起初浩瀚的混沌中自我献祭又重获新生。风暴推翻了高大的乔木，河流日夜浸泡着它们，树干做了鱼虫最营养的食物，而雨季过后，鱼虫又成了雨林对裸颈鹳①发出的最诚挚的邀请，它们不远万里从大西洋而来，翻过坚不可摧的查科②飞越地势低平的马托格罗索③，一路历尽匮乏艰辛。

就这样，夜幕降临。驾舟的马奇根加兄弟提议在河流的一处拐弯处歇下脚来。我们分享着他的木薯和我的全麦饼。水声清潺，香烟几根，都叫人轻易交心。

---

① 南美洲及中美洲最高的飞行鸟类，成年裸颈鹳一般长 1.22—1.4 米，翼展 2.3—2.8 米，重达 8 公斤。
② 阿根廷东北部一省，多树。
③ 巴西一地名。

以护身符围起我们歇息之处的同时，他用他独特的西班牙语历数着我们所见的万物，是为了让我明白，此刻的马努、平日的马努，都理所当然。躺在火堆旁仰望繁星，我感应到了数百万只虫的存在。是的，数百万只。一九五九年，史密森学会①的科学家们在马努进行了第一次昆虫学观测，得出的结论令全球所知物种的宝库一举激增了三千万种。

雨林之夜以不计其数的声响织成的奇异的静默包容着一切。是生命的秘义紧绷起了肌肉，将夜之维纳斯分娩。这种鲜紫色的、如衬衫纽扣般纤小的兰花，随清晨的第一缕日光绽开花苞，又于数分钟后迅速凋谢，只因它的美微小的永恒敌不过马努的光线——它不停地变幻，依着天空、水和风的情绪。

而以上这些，菲茨卡拉多全未看见。贪念总像是扎在瞳孔上的一根冰针。

---

① 由美国政府资助、半官方性质的博物馆机构。由英国科学家詹姆斯·史密森遗赠捐款，根据美国国会法令于1846年创建于华盛顿。

你好①，诗人

　　我从未见过犹太诗人阿夫罗姆·苏兹凯维尔②，但无论我去往哪里，总有一卷译成西班牙语的他的诗集与我同行。

　　我敬佩反抗者们，那些赋予动词"反抗"以肉身、汗水与血液的人，他们不是用冠冕词句而是以实际行动证明着，人可以活着，可以站着活着，即便是在最艰难的时刻。

　　阿夫罗姆·苏兹凯维尔出生于一九一三年七月的斯莫尔贡——立陶宛首都维尔纽斯附近的一个小镇。他学会了用意第绪语③和立陶宛语为他童年的每一个小小神迹命名，但就在他未满七岁时——终成犹太人，被迫踏上宿命之旅——他不

---

①　原文为希伯来语词 Shalom，本意为"平安"。

②　阿夫罗姆·苏兹凯维尔（1913—2010），犹太诗人，此为意第绪语姓名，英语姓名为亚伯拉罕·苏兹凯维尔。

③　属于日耳曼语族，全球约三百万人使用该语言，大部分使用者为犹太人。

得不举家远走西伯利亚的鄂木斯克①，在那里，他接触了吉尔吉斯语，唯一得以描绘西伯利亚忧悒图景的言语。

无尽的天空、狼的高嗥、风、苔原、白桦林，以及从父亲乡愁的提琴上散落一地的乐音，它们给了苏兹凯维尔最初的诗以养分，然而等待着这位幼年诗人的生活却不曾装挂着玫瑰的帘幔。

父亲过世后，时年九岁的他回到了维尔纽斯，就像其他有众多犹太人居住的东欧城市一样，这里也是文化聚光灯的焦点之一。爱因斯坦和弗洛伊德常会造访这块被称为"波罗的海的耶路撒冷"的热土，来开办讲座，来深化其理论研究。文学、科技与政治思想杂志在这里繁衍增殖。文化之城维尔纽斯在伦理哲学上的影响力穿越了国境，直到有一天，人们听见了那头名为纳粹的野兽的嘶鸣。德国突袭波兰，"二战"爆发。

"船可否沉没陆地？/我感觉有船沉没在我脚底。"苏兹凯维尔这样写道。没过多久，他便经历了海难所引发的最初的

---

① 位于俄罗斯西伯利亚西南部，是鄂木斯克州的首府，也是西伯利亚联邦管区的第二大城市。

效应：德国人侵立陶宛，犹太人被赶进了隔坨区^①。

"隔坨区里的第一夜是坟墓里的第一夜／之后人就习惯了。"苏兹凯维尔书写着，但他的诗中不含丝毫妥协，而是谈论着为求爬出坟墓的抗争的必要性。

在维尔纽斯隔坨区的第二年，一天清晨，纳粹手指着那些人、活生生的灵魂、人类大家庭的一分子，说他们必须死。阿夫罗姆·苏兹凯维尔也在其中，挖着将要盛放他们尸骸的那个大坑。

铲子锄头，在被雨水浸软了的土地里出来进去，除些许瓦砾、骨片和残根之外没有遇见任何阻力。乍然间，阿夫罗姆·苏兹凯维尔的锄刀将一条蠕虫斩为两段，诗人震惊地看见那虫子仍在移动，尽管已身首异处……

> ……被一分为二的蠕虫变成四段／又一次切割让四段翻番／而所有这些经我手所造的呢？／太阳回到我阴暗的情绪／希望健壮了我的手臂：／如果蠕虫不向锄头投降／难道你尚不及蠕虫？

---

① 也称犹太人区或隔都，指在欧洲和中东地区市区中因社会、政治或经济等因素而被划分出来作为犹太人居住的地区。

阿夫罗姆·苏兹凯维尔在那次处决中活了下来。他受伤的躯体随死去的同志们一道跌入坑中，被盖上了土，而在那里，他继续反抗着。

他的意志反抗着，比恐惧和痛苦更强。他的智慧反抗着，比暴怒更强。他对生命的热爱反抗着，他在其中找到了足够的能量，他挣脱死亡，在隔坨区里秘密生活，组织起战斗纵队，亲自指挥他们在波罗的海诸国进行武装抵抗。

从燔祭①中幸存下来的人们将长久铭记那些满载着希冀的讯息，君临的恐怖之中，是苏兹凯维尔将它们带到了中欧的隔坨区乃至灭绝营②。讯息之一是一首值得永世纪念的伟大战歌——《秘密之城》。诗中，苏兹凯维尔描写了十个人（犹太祈祷仪式的最低额定人数）的生活，他们在下水道完全的黑暗中辛苦延续着自己的生命。他们没有什么可吃，却有专人监督着洁食③的执行。他们半裸着身子，却任命了另一人专职负责衣物的清洗。一位怀孕的妇女扛起了照管教育孩子的

---

① 原指用火烧全兽作为献祭，此处指大屠杀。
② 指用来进行种族灭绝的营地。历史上最臭名昭著的即纳粹德国在"二战"期间于被占据的波兰所建的灭绝营。
③ 犹太教教规，除了限制可食动物的种类外，其屠宰及烹调方式亦受影响。

重担。他们中没有医生，但从不缺少安抚与劝慰。一个瞎子做了哨兵，他的世界本就是漆黑的世界。一位教士愿做鞋匠，尽管他身上只披着块破旧的羊皮。当上首领的小伙子筹划着他们的复仇大计。教师记述着每日发生的一切，只为留存下这可贵的回忆。而诗人则让他们记得世间还有美丽。

一九四三年，诗人三十岁，已是反纳粹斗争力量的领军人物之一，他的声名跨越国境。在数次失败的努力后，一架苏联军用飞机成功降落在德国人的防线后头，将他带到了莫斯科，那儿有伊利亚·爱伦堡①与鲍里斯·帕斯捷尔纳克②在等候着他的来临。犹委会③上，他就华沙与维尔纽斯隔坨区的起义情况作了汇报，并提出了可以救人性命的三大要素：武力、团结、决心。

学者们请他留在苏联，诗人们称颂着他的诗作，人民委

---

① 伊利亚·爱伦堡（1891—1967），苏联作家，生于犹太人家庭，青年时参加革命。

② 鲍里斯·帕斯捷尔纳克（1890—1960），苏联作家、诗人、翻译家，出身于莫斯科一个犹太人家庭，因发表长篇小说《日瓦戈医生》于1958年获诺贝尔文学奖。

③ 犹太人反法西斯委员会，1941年至1953年苏联境内唯一重要的犹太人组织。"二战"期间，它为苏联反法西斯胜利立下汗马功劳，战后却遭到苏联当局的镇压。

员会甚至要授予他斯大林奖金①。这些都被阿夫罗姆·苏兹凯维尔一一拒绝，他决定与反抗者们站在一起。

战争结束，苏兹凯维尔作为关键证人出席了纽伦堡审判②。在此之后，他回避着任何过度的关注，并于一九四七年乘坐"帕特里亚"③号来到巴勒斯坦——这里的每一块石头都是我的祖先——就在以色列建国的前夕。

我从未见过犹太诗人阿夫罗姆·苏兹凯维尔，但他教诲着我，我们这些做着梦的都应成为士兵。我知道他就快八十八岁了，而他百分百会对任何提及他可敬高龄的人提出抗议，因为"老人死在盛放的青春里/爷爷们只是伪装的孩童"。

我从未见过他，但他的诗句陪伴着我，如红酒与饼。

---

① 1939 年苏联人民委员会决议设立的奖金，旨在鼓励科学技术发明和文学艺术创作，一年颁奖一次。后更名为苏联国家奖金。
② 指 1945 年 11 月 21 日至 1946 年 10 月 1 日间由"二战"战胜国对欧洲轴心国军政领袖进行的数十次军事审判，主要在德国纽伦堡进行。
③ 船名意为祖国。

厄尔巴 [1] 海盗

在德国汉堡，有一条街是用前市长西蒙·冯·乌德勒支的名字命名的，但几乎没有哪个当地人晓得这个家伙是谁，以及他为什么值得被记住，人们唯一知道的是，当年是他下令处决了那个活在所有离经叛道者记忆中的男人——维德尔与勃兰肯内瑟热闹的咖啡馆里不时有人讲述着他的故事，北海岸边的千百民谣悠久传唱着他的美名。

那个确被众人所记取的男人名为克劳斯·斯托特贝克，是个海盗——厄尔巴海盗。

一三九〇年的北大西洋与波罗的海，汉萨同盟 [2] 正以血与

---

[1] 意大利第三大岛，位于意大利中部托斯卡纳大区西边海域。

[2] 中欧神圣罗马帝国与条顿骑士团诸城市之间形成的商业、政治联盟，以德意志北部城市为主，12世纪中期逐渐形成，14世纪晚期至15世纪早期达到鼎盛，加盟城市最多达到160个，垄断波的海地区贸易。

火推行着商业霸权；他们设立了荒谬的税赋，将专断的定价强施于农民和手工业者；在汉萨同盟的上千船舰上，船长凭借绞刑架惩罚着任何过错。

可正像是历史长河中总会上演的戏码，以克劳斯·斯托特贝克这个生着骇人面孔与橙黄色胡子的大块头为首的一众航海家敢于对此说不，苛捐杂税、鞭子绞索，一切都够了。在一次哗变中，他们夺下了一艘战船的控制权，打那时起，它便在自由的旗帜下乘风远航。

一三九二年，斯托特贝克带领的众人就他们的行动准则进行了宣誓，一名神父专门负责将他们以各种北欧方言宣讲的内容译成拉丁语。准则称，人类蒙神拣选践行幸福，只有幸福才能给予人所须的活力去承受任何匮乏。

自此他们便戴上了"活力兄弟会"[①] 的名号，成为悬在汉萨同盟头顶的一根厉鞭。

他们接上满载货物的商船的船舷，询问海员们最近遭受的责罚，许多船长与官员亲身体验了七尾猫[②] 的抓挠或是绞

---

① 原文为德语，亦有人译作维克托兄弟会。
② 一种刑具。

刑架所散发出的卑下气味。战利品由众人分了，一半归教团，另一半给了厄尔巴与波罗的海沿岸的村民。那时的穷人企盼着斯托特贝克与活力兄弟会，就好像企盼着上帝的福音。

可以预见的是，汉萨同盟出重金悬赏这位海盗的人头，霎时有数十名船长——德国的、瑞典的、丹麦的——争相擒拿起这名逆贼。

想要抓到他并不容易，熟识厄尔巴全部奥秘的克劳斯·斯托特贝克一直抵抗到了下一个世纪。

一四〇〇年春的一个早晨，全汉堡的人都汇集在了魔鬼桥上，来观看那位海盗首领及其上百名手下的处刑。

西蒙·冯·乌德勒支时任市长，用坚硬的声音宣读了判决：斩首。执刑者晃了晃手中豁亮的白刃，等候着第一位刀下鬼的诞生，首先受刑的应是一名最低层级的海员，因为对斯托特贝克的惩罚中也包括目睹兄弟们的死。

就在此时，这位黄胡子海盗开了口：

"我想做第一个，而且我有个提议，市长先生，如果您听我的，我保证这场行刑将会精彩许多。"

"说。"西蒙·冯·乌德勒支喝令道。

"我想做第一个。我愿站着被砍头。我希望在我头颅落地后，我前进的每一步都能救下一名弟兄。"

"厄尔巴海盗万岁!"人群中有谁喊了起来,而那位市长断定这家伙只是在夸夸其谈,便答应了他的要求。

呼啸的钢刃削过清晨的空气,自后颈而入,从下颌而出。海盗的首级落在魔鬼桥的石板上,就在众人的惊愕里,那具无头的肉身于轰然倒塌前硬是迈出了十二步。

以上这些发生在一四〇〇年春的一个早晨,而在近六百年后,一九九九年七月的第一个礼拜里,汉堡的警察们拘捕了一批年轻人,这已是他们第一百次试图篡改一条街道的名字。他们携带的蓝色纸带上用纯白的字体书写着"克劳斯·斯托特贝克街",他们将它糊在了那块刻有那位庸人市长——西蒙·冯·乌德勒支大名的铁板上。

我的孩子们热爱这个故事,我总想着有一天我还能把它讲给我的孙子孙女们听,因为尽管生命确是短暂而脆弱的,尊严与勇气总能赋予它无尽的活力,教我们坦然面对它的诡谲与不幸。

楚楚与关于巴尔博亚^①的记忆

"巴拿马的历史发了高烧，只有通过文学才能加以阐释。"
这句话语出何塞·德·赫苏斯·马丁内斯——楚楚^②——这个
星球上最了解巴拿马地峡的男人，他熟悉这里的雨林、动物，
以及所有部族。我在键盘上敲下上面几行字的时候，他正从
一九七九年录制的一段影片中向我重复着那句评论，而我清楚，
不借助他的记忆，我将无法完成这段对巴尔博亚生平的记述。

"而巴拿马同时也是忘恩负义者的乐土，无论是之前还是
现在，从来没有人记得自己是在为谁工作。"楚楚·马丁内斯
又加了一句，身在科隆^③一家饭馆里的他眼盯着口中哈瓦那雪
茄灼热的烟头。又一次被他说着了，因为那位大学士的著作

---

① 巴尔博亚（1475—1519），西班牙征服者、探险家。
② 何塞·德·赫苏斯的昵称。
③ 巴拿马一港口。

里丝毫没有提到巴尔博亚的旅行与太平洋的发现，正如他以相同的方式剥夺了堂·罗德里戈·德·巴斯提达斯[①]"巴拿马发现者"的荣耀，尽管这个国家的所有小学生在每周一的早晨都要齐声高唱，祖国的西班牙殖民时期自他而始。

加尔万·德·巴斯提达斯原是位塞维利亚商人，作为航海家，他陪同哥伦布踏上了第二次去往新大陆的征程。他的船队驶过南美洲的整个东北海岸，而后沿着中美洲海岸线一路航行，最终抵达了圣布拉斯岛[②]。他是第一个踏足美洲大地的欧洲人，而与此同时，那位来自热那亚的海军元帅[③]还在船上着了魔似的一遍遍翻看着由保罗·托斯卡内利[④]绘制的海图，坚信亚洲就在至近的某处。哥伦布得感谢那些把历史搅成了一池浑水的家伙，使他得以将"美洲大陆上首个欧洲村落的缔造者"的荣誉揽到了自己头上——那是位处巴拿马加勒比海岸上的圣塔玛利亚德贝伦，建于一五〇三年。就像楚

---

① 堂·罗德里戈·德·巴斯提达斯（1460—1527），西班牙征服者、探险家。

② 巴拿马大陆以东、加勒比海上的一处岛屿。

③ 指哥伦布。

④ 保罗·托斯卡内利（1397—1482），佛罗伦萨数学家，根据多年计算结果断定由欧洲向西航行可以到达亚洲，哥伦布依照其计算制订了航行计划。

楚所说的：谁都不晓得自己是在为谁服务。

"跟如今一样，那也是个愚蠢得令人难以置信的年代。你听过老鼠船的故事吗？"楚楚问道，没等我作答，他就用他加勒比口音的西班牙语述说起来。

那还是圣塔玛利亚德贝伦方才设立的时候，负责从西班牙运来物资的费尔南多·阿尔瓦雷兹·伊达尔戈·德·拉·锡耶拉船长迟迟未至，令哥伦布甚是心焦。他驾船出海准备去迎，驶出去才没几天，瞭望手就在海天交界之处见到了随波而来的一艘三桅轻快船。元帅下令靠上前去，甫一接舷，在那儿等待着他的景象便吓得他目瞪口呆。

驾着那艘船的是成百上千只老鼠，在把全部给养洗劫一空后，它们将利齿伸向了那群可怜的水手。它们咬嚼着那些倒霉鬼无肉的骨架，它们啃啮着船上的一切；启航时的风帆只剩下几条碎布，粗壮的缆索只余下若干线头；以细工木刻装点着的船长室里，几头小鼠正欢快地在船长空阔的眼窝里钻进钻出。

费尔南多·阿尔瓦雷兹·伊达尔戈·德·拉·锡耶拉，苛以律己的天主教徒，他素来视猫为魔鬼撒旦的化身①，因而

---

① 中世纪天主教教会惯常的论调。

没有带上这种远程航行所必需的动物。

"巴尔博亚。巴斯克·努涅兹·德·巴尔博亚。关于他,人们所知甚少。他的生平中充满空缺,好似一个先兆,预言着后来巴拿马运河几近空白的史书。"楚楚又说。

巴斯克·努涅兹·德·巴尔博亚,根据所知的记载,生于一四七五年的赫雷斯-德洛斯卡瓦列罗斯①,是个风流倜傥的冒险家。刚满二十五岁的他便暗下决心,"印度"②的大把财富也得有他一份,他一不怕苦二不怕死,说着就上了船,做了加尔万·德·巴斯提达斯的手下。他的名字的首次出现是在圣塔玛利亚德贝伦的兴建史上,这一据点让哥伦布、让所有探险队员,包括德·巴斯提达斯都觉得,拥有如此后方补给的他们定能轻易找到那块流金之地、黄金国度或者爱怎么称呼怎么称呼的那个理想国——哥伦布笃信,它一定就在南边的稍远处。

然而灿烂的星星却拒绝闪耀在那座村庄上空。被新来者的放肆所激怒的加勒比印第安人的恒常袭击;携恐怖热病而

---

① 西班牙西南部一城市。
② 当时人们把美洲大陆当做印度。

来的蚊子云；稀奇古怪、只有比斯开 ① 人才能忍受的湿热天气；浓密而无法攻陷的丛林；阻滞着元帅之命的执行、叫探险队员们再不能往南一步的寸草不生的山地——重重窒碍令他们最终放弃了那个据点，于一五〇三年起锚返航，无甚光荣，却背着诸多怅惘。

没有人确切地知道巴尔博亚在这之后的七年里做了些什么、去了哪里，而在一五一〇年，据称他为了躲债，加入了马丁·费尔南德兹·德·恩西索 ② 那位大学士的麾下。恩西索在圣多明各 ③ 组织了一支探险队，准备去营救哥伦布的同伴阿隆索·德·奥赫达 ④。后者因设计捕获了桀骜不驯的酋长高纳波 ⑤ 而扬名，他于一四九九年从加的斯 ⑥ 启航，带领着的海员团队里有两个响当当的名字：亚美利哥·韦斯普奇 ⑦，以及胡

---

① 位于西班牙北部的省份，毗邻坎塔布里亚海。
② 马丁·费尔南德兹·德·恩西索（1470—1528），西班牙军人。
③ 现多米尼加首都，位于加勒比海沿岸。
④ 阿隆索·德·奥赫达（1468—1515），西班牙征服者、航海家。
⑤ 组织了美洲原住民对西班牙征服者的第一次暴力反抗。
⑥ 西班牙南部一港口。
⑦ 亚美利哥·韦斯普奇（1454—1512），意大利商人、航海家、探险家，美洲以他的名字命名。他经过对南美洲东海岸的考察提出这是一块新大陆，而当时所有人，包括哥伦布在内，都认为这块大陆属于亚洲东部。

安·德·拉·科萨^①。那会儿，奥赫达被当地土著们困在了正对着乌拉瓦湾^②的圣塞巴斯蒂安殖民聚居点里。

"奥赫达是个识时务的家伙，是他发现并命名了委内瑞拉，回西班牙的时候他因被控强盗罪与渎职罪身上戴着枷锁，还是通过与丰塞卡主教^③的私交才让他保全了身家。他身披富贵荣华回到中美洲，在卡塔赫纳^④建立了卡拉马尔据点；尔后他厌倦了打打杀杀的日子，便功成身退，在拉伊斯帕尼奥拉^⑤一座方济各会^⑥的修道院里度过了自己余下的年华。适时退出也不失为一种智慧。"楚楚说。

巴尔博亚却不是个轻言放弃的人。当他与那位大学士以及其他探险队员们一同开抵圣塞巴斯蒂安的时候，事已太迟。见聚居点已成废墟，他便同幸存者们一道占领了去往卡塔赫纳路上的维拉迭戈据点。在那里，恩西索倚仗着自己船多舰广，命众人返回乌拉瓦，可巴尔博亚提出异议，称正确的选

---

① 地理学家，1500年由他出版的世界地图中首次将美洲列入其中。
② 加勒比一海湾。
③ 丰塞卡主教（1475—1534），西班牙加利西亚人，曾任圣地亚哥-德孔波斯特拉主教、托莱多主教。
④ 现哥伦比亚玻利瓦尔省首府。
⑤ 卡塔赫纳一地名。
⑥ 天主教托钵修会派别之一。

择应是开往达连湾^①，在那里建起一个新的村落。

"巴尔博亚是个投机者，但他直觉感到，并非所有闪光的都是金子。或许他才是第一个意识到巴拿马地峡其他财富的人。"楚楚品评着。

恩西索仍旧坚持己见，巴尔博亚则据理力争：若是能在海湾的制高点筑造起防御工事，前有滩涂之空阔，后有雨林之障蔽，还有什么地方能比那里更加安全？

他说得一点没错，达连湾被茂密的雨林包庇其中——油椰、樱桃、果茄、月桂、黑桃花心木——不仅能够保护他们免受任何攻击，还向他们提供着优质的木材，可以造船筑屋。

两个西班牙人间的争执以大学士被囚禁而告终。巴尔博亚夺过了指挥权，收缴了恩西索的财产，以"无皇家授权私自指挥船队"为由对他提起了指控。昔日的长官被套上了手铐脚镣，扔上了返回西班牙的船舶。

在巴尔博亚的指引下，圣塔玛利亚拉安提瓜德尔达连^②于一五一一年正式落成，诞生之初便注定要成为黄金卡斯蒂利

---

① 加勒比海最南边的海湾。
② 现属巴拿马。

亚省中最重要的市镇，该省疆域涵盖了从乌拉瓦到如今洪都拉斯之间的广阔地界。

巴尔博亚的飞地增长迅速。从不远处的雨林里，殖民者们听见禽鸟的歌唱以及狮与豹猫的嘶吼；他们捕猎着野猪、山鹿与貘；他们提防着蟒与致命的珊瑚蛇；他们跟长尾猴打成了一片；他们把迟缓的海龟所下的蛋吞进肚中。他们什么也不缺。自然是慷慨的。而当酷烈的信风将从五月持续到十二月的热带的冬天吹得更加漫长时，他们便会享用起馨香的番石榴、白胖的番荔枝、酸涩的椰果、多脂的鳄梨、有效对抗腹泻的芭蕉、叫人眉开眼笑的曼密苹果。

一五一二年，被天主教国王费尔南多①任命为黄金卡斯蒂利亚省省长的堂·迭戈·德·尼奎萨来到圣塔玛利亚拉安提瓜德尔达连。来的时候尼奎萨带着一支七十人的残兵队伍，他们是一五一一年得以建立农布雷德迪奥斯②移民聚居点的七百人中的幸存者——筑成还不到一年，加勒比的印第安人

---

① 费尔南多（1452—1516），也译为斐迪南二世，阿拉贡国王、卡斯蒂利亚国王、西西里国王、那不勒斯国王，通过与卡斯蒂利亚女王伊莎贝拉一世的婚姻成为统一的西班牙的第一个国王。
② 现属巴拿马。名字含义为"神之名"。

就从地图上抹去了那个据点。

　　而就当尼奎萨准备坐上他军阶所对应的交椅之时，巴尔博亚的追随者们将他与他的手下一道撵了出去。驱动着这些人的倒不是什么对于长官的忠诚，只因他们从印第安人那儿听说，附近有个海岛，遍地都是珍珠，附近还有条河，满满地盛着金子和宝石——人越少，分得的那一份自然也就越多。

　　此后不久，西班牙王室承认了巴尔博亚指挥权的合法性，后者一举取得了船长兼拉安提瓜长官的头衔。有了皇家的授权，巴尔博亚可以坐享从圣多明各运来用以确保据点的补给品，这也使得在巴拿马地峡范围内组建探险队成为可能。从先后数次探索中，巴尔博亚学到，要想在雨林里自由移动，必须得到印第安人的帮助，于是他与卡莱塔斯酋长达成同盟：西班牙人将力保这位酋长免遭其他部族侵袭，而这位酋长则得向探险队输出足量的向导与挑夫。为了巩固同盟，巴尔博亚甚至迎娶了卡莱塔斯最小的女儿阿娜杨丝。

　　一五一二年，巴尔博亚致信天主教国王费尔南多：在这个行省存在金含量极高的富足矿藏，我们所经三十条河流，条条都夹带着黄金的鳞片，因此我推测，矿脉就位于距此约十一里地的深山中。

一五一三年五月，寻觅着金矿源头的巴尔博亚穿过了考马格莱酋长的领地，受到热情款待的同时，他还从当地人那里听到了振奋人心的消息：再往南行，黄金王国就在山的那头。在那儿等候着他们的是要多少就有多少的财富。

"而巴斯克·努涅兹·德·巴尔博亚的悲剧，就从这一刻起始。"来自楚楚的评论。

一五一三年九月一日，巴尔博亚带领着两百名殖民者以及从岳父卡莱塔斯酋长那儿借来的八百个印第安人向南进发，直奔达连山区最初的那片高耸的雨林。在他们之中行进着一个沉默的军士，弗朗西斯科·皮萨罗①，若干年后，他将因摧毁了整个印加帝国而背负起万世骂名。

下着雨，他们艰难地爬上陡峭的山坡，以剑开道；下着雨，半截大腿都陷进了用淤泥铺就的路；刺蝎在蛰咬，蚊子化成了缩微而难忍的恶魔，雨下不停；无用的火枪成了累赘，湿透了的火绳再无引燃的可能，笨重的胸甲是荒唐的负载，猛毒的爬行动物收获着第一批祭牲，就这样度过了一个礼拜，

---

① 弗朗西斯科·皮萨罗（？—1541），西班牙冒险家、印加帝国的征服者，开启了西班牙征服南美洲的时代。

对印第安人的亲善转成残忍；残忍，愈加残忍，原住民们开始脱离队伍。

没有了印第安人的支持，西班牙人轻易地在雨林的迷宫中走失。巴尔博亚对任何虐待原住民的行为设下了严苛的刑罚，但即便如此，雨、一背过身就仿佛增大数倍的丛林，以及长久在身边窸窣着的上千种危险，都让这几乎永在晦暗之中的雨林里的行进变得迟缓而艰苦。

正当巴尔博亚与他的探险队员们在密林中披荆斩棘的时候，在西班牙，有越来越多的人质疑起哥伦布的断言——他仍坚持说他发现了亚洲的背部。天主教国王费尔南多一次又一次地重读着那封来自巴尔博亚的信笺，信中称，实际上他们所到的是一片"未知之地"①，一块完全陌生却充满着无限可能性的大陆——建立圣十字王国、向欧洲输送未可预知的大笔财富、为上帝也为陛下献上最珍贵的贡物。

艰难前行了两周，探险队员们自达连山南坡降下，在丘库纳克河②河岸略作整休。他们已经前进了近一百公里，两百

————————————————

① 原文为拉丁语。
② 图伊拉河的支流。

名殖民者中只有不足半数还能站立。印第安人多已脱队，仅剩下的那些也与西班牙人一样疲惫不堪。就在这样的情况下，他们依旧沿着丘库纳克河继续探索，一直到了它与图伊拉河（巴拿马最长的河流）的交汇处。以此为始，皮尔高地的一千四百米里，植物愈显低矮，行进却因无情宣泄在队员们身上的雨而变得愈加艰辛。

再往前走，图伊拉河更见宽阔，水量也越来越多。自南边被巴格莱山脉所雄霸的这片土地上，沼泽与危险遍布。只有仍陪着他们的那几个印第安人了解丛林尖吻鳄的恐怖。

终于，在一五一三年九月二十五日的正午，于图伊拉河的指引之下，他们来到了一个杳无人迹的海湾。在那里，巴尔博亚与他的手下们首次见到了太平洋——那一望无际的南海①。那天正巧是圣米格尔节②，因此在亲吻了细沙并以天主教国王费尔南多的名义占领了眼前的这片"大洋"之后，巴尔博亚将这个地方命名为圣米格尔湾③。

"他找到了太平洋，水，许多水，却没能发现一丁点的黄

---

① 当时巴尔博亚将太平洋称为南海。
② 即圣米迦勒节，每年近秋分日。
③ 位于巴拿马东部达连省。

金。因而那些依然存活着的探险队员又开始挑拨着他，威胁着他，不是要回去，而是要他继续向前。"楚楚道。

于是旅途继续。他们沿着之后将被人们称为巴拿马湾①的海岸线一直前行，直到视线中出现的几座岛屿叫他们下定决心，砍倒树木，扎成木筏，向岛撑去。

岛上发现了珍珠，千千万万的珍珠，珍珠群岛因此得名。

一五一四年一月十九日，巴尔博亚和他已屈指可数的那几个跟班返回拉安提瓜，要将他们发现"大洋"的消息报告给西班牙。走在返程的路上，巴尔博亚怎会知道，他的灾祸正拉满了风帆在向巴拿马地峡飞速驶来：一支由二十二艘军舰组成、承载着两千精兵的强大舰队正驶近拉安提瓜。领头的是佩德罗·阿里亚斯·德·阿维拉②，也叫佩德拉里亚斯，一个已届七十岁高龄、因在格拉纳达摩尔人大驱逐③中表现出的武勇而威震全国的老兵。和他一起来的还有马丁·费尔南德兹·德·恩西索，那位大学士，复仇的愿望胀满了——胀

① 巴拿马南部太平洋上的海湾。
② 佩德罗·阿里亚斯·德·阿维拉（？—1531），西班牙殖民地长官。
③ 1492年1月2日，新近统一的基督教西班牙王国征服以今西班牙格拉纳达为都城的穆斯林王国。

满了——他的胸襟。

拉安提瓜风云突变。巴尔博亚对印第安人采取的怀柔政策被野蛮的种族灭绝行为所取代。之前积极听取酋长意见、几乎可称之为民主的组织架构被渴望权力的老将那保守派的暴戾狠狠踏碎。

巴尔博亚只知自己享有天主教国王费尔南多的青睐，自觉可以在权力斗争中全身而退，便着手禁绝起佩德拉里亚斯治下军人的暴力行径，为了亲善那位老兵，他还抛出了迎娶佩德拉里亚斯女儿的提议。但这一切都成为徒劳，费尔南多国王去世以后，其继任者卡洛斯五世①旋即剥夺了巴尔博亚的权柄，后者成了太过轻松的复仇标的。

佩德拉里亚斯以"密谋背叛首任省长马丁·费尔南德兹·德·恩西索"为由将其逮捕。一五一九年一月十二日，巴尔博亚被判处死刑，斩立决。

"他为后人留下了一个真诚平和的人的典范。这事着实令人觉得奇怪，但直至今日，库纳人与乔克人②依旧高度评

---

① 卡洛斯五世（1500—1558），即查理五世，曾任西班牙国王、神圣罗马帝国皇帝、西西里国王、那不勒斯国王、荷兰国王。

② 均为美洲原住民部族。

价着那个来自西班牙的汉子。他是唯一一个在当地人心目中留下美好回忆的西班牙人。巴尔博亚，巴拿马通用的钱币上还刻着他的名字，但他已不复存在。同样不复存在的或许还有诚实——正因如此，它对我们才那么重要。"楚楚的思考。

正如楚楚所说，诚实是巴拿马人极为看重的一种美德。一九七九年，美巴双方签订将运河流域主权交还给巴拿马的《托里霍斯—卡特条约》[1]，当时美国总统是在数十名顾问与将军的陪同下出席仪式的，而奥马尔·托里霍斯身边只站着两名作家——加夫列尔·加西亚·马尔克斯与格雷厄姆·格林，以及巴拿马国民卫队的一名军士——何塞·德·赫苏斯·马丁内斯——楚楚。

卡特先签了字，随即把水笔递给了托里霍斯；后者举棋不定，拿着笔拨弄来拨弄去，最后还是转向了他的朋友。

"楚楚，我们签还是不签？"托里霍斯征求着这位伙伴的意见，当时全世界所有的证券市场都在颤抖着，像打着一场

---

[1] 亦称《巴拿马运河条约》，是巴拿马军政府领导人托里霍斯与美国总统卡特于1977年9月7日签订的关于巴拿马运河主权过渡的条约。

全球性的摆子。

　　而楚楚，这会儿的他长久凝视起吉米·卡特的脸，他望着他的头发、耳朵、嘴唇、眼睛……所有，而后肯定地说：

　　"签，这个美国佬长着一张老实人的面孔。"

驯鹿之国

拉普①妇女的身上总带着一种异样而神秘的美。同男人们一样，她们也不乐意戴上瑞典人强加给他们的族名，而是坚称自己为"萨阿米人"，但由于这个词在我们的语言中尚不存在一种恰当的译法，因此我在这里还是不得不称他们为拉普人。

正想着这事呢，一月初的一天，我踏进了斯德哥尔摩的一家旅行社，要了一张去基律纳的票，这是距离瑞典首都足有一千两百六十公里的一座拉普人的城市。

一位好心的女接待员瞧了瞧我，长吁了口气，随即问我到底知不知道，北边很冷、冷得要命。

---

① 北欧民族，主要分布在挪威、瑞典、芬兰和俄罗斯的北极地区。属乌拉尔人种，为蒙古人种和欧罗巴人种的混合类型。

那位小姐说得一点没错。一股寒潮降落在斯堪的纳维亚，使得每年这个时候已属极低的温度一下子降到了令常人难以忍受的极限。

"现在北边都得有零下三十六度了吧。"她提醒我。

但拉普尼亚①也有炽热，只因那里有拉普人，在原原本本地演绎着诗人保路斯·乌特西斯的名句：吹着火叫它莫要熄灭／拨旺它好把火炭烧亮／然后用干柴喂它／让我们文化的炭火与热继续活着。

我手拿着票走出来，次日，当我安坐在将我带往基律纳的飞机上，我记起了二十世纪八十年代中期在拉普尼亚度过的那些幸福的日子。一整个七月我都待在那里，那是没有尽头的白天，我拜访一位奇异的智利妇人，因为爱，她成了拉普人。

她叫作——我想她应当仍旧叫作索尼娅·伊达尔戈，人类学家，于一九七九年来到拉普尼亚——挪威政府要在阿尔塔耶夫修建水电站的消息刚刚得到宣布。

为了完成这项工程，必须伐去自古以来拉普人赖以生存的大片区域中的所有树木。此举自然引来了强烈的反对，除

---

① 指拉普人居住区。

居住在挪威、瑞典与芬兰的拉普人外，众多的环保组织同样表达了自己的抗议。

当时在瑞典境内正进行着一场重要的诉讼，审判席的一边站着全体拉普人，另一边则矗立着国家政府。诉讼是围绕着山地①驯鹿放养区的用益权展开的，经过十五年的拉锯战，斯德哥尔摩最高法院终于颁布了如下判决：拉普人对争议地区的土地的确拥有部分用益权，但由于从瑞典首任国王、自一五二三年便开始执政的世袭王朝的创立者古斯塔夫·瓦萨②的时代起，拉普尼亚就是国家的财产，因而只有国家才能决定其土地的使用方式及用途。

拉普人输掉了那场战役，水电站顺利落成，而瑞典王国于一九七一年颁布的那条荒谬的法令更是让他们的失败变得愈加酸涩，它规定：无论文化、语言、手工艺、传统、历史联系或是出生地都不足以决定一个人是否属于拉普部族，"以饲养驯鹿为生"竟成了最重要的判断依据。

一九八〇年，生活在瑞典的一万五千名拉普人中只有两

---

① 原文为瑞典语。
② 古斯塔夫·瓦萨（1496—1560），瑞典国王，瓦萨王朝的创建者。

千三百人还在饲养驯鹿。切尔诺贝利惨剧 ① 过后，这个数字缩减到了不足一千五百——核辐射不仅伤害着人类，还污染了大批牲口。奥古斯特·斯特林堡想必又要慨叹：对于人类来说，这是多大的遗憾。

而索尼娅·伊达尔戈与她的同伴马西·瓦尔基帕依旧坚守在此。对他们这样的人来说，几百年来一直奉行着畸形的政策、严禁在任何场合使用拉普语的瑞典王国或许真的有所亏欠。如今他们每周在学校里教授两个小时的拉普语，尽管如此，要想让一种文化的根基继续存活下去，仅靠这些还远远不够。

基律纳是座绝美的城市，从空中俯望下去，冬天的它就好像一个微微泛红的斑点缀饰于白雪与黑暗所叠映出的灰色背景之上。而在夏天，它看着就是一个被墨绿色的树影以及周围数百条河流与湖泊所环绕的快乐的村庄。

痛感的冷。零下二十八度。好在从斯德哥尔摩租来的保暖服给了我安全感，让我大胆走上了追寻那两段回忆的路。

---

① 发生在苏联时期乌克兰境内切尔诺贝利核电站的核子反应堆事故，被认为是历史上最严重的核电事故。

许多科研机构都将总部设在了这座城市，它们研究着极端环境下的生活以及这块广袤的土地令人惊骇的脆弱。商业将最前沿的时尚与最尖端的技术带给了辛劳的铁矿工人，他们在七百米深的地底拨挠着这片冻土的脏腑。最后，在火车站的附近，我找到了我的回忆之一。

那是一座半被冰雪掩埋的纪念碑，碑上的四个男人正扛着一段铁轨。这是对那段奇绝的壮举以及它传奇般的主人公们的献礼：于一八八二年到一九〇〇年间修成的这条铁路从卢勒奥①出发，途径玛姆伯利特②与基律纳，而后穿越五百公里的山地、冰川、沼泽与森林，最后抵达挪威的纳尔维克港③；源源不断的铁矿被运到了这里，又经水路输送到了世界各地。

四千名拉普人，男人与女人，共同完成了这项伟业。他们在零下五十度的环境下工作，承受着疾病、熊与狼的袭击以及杀死了他们中的大半人员的灾祸与事故。他们的遗体先

---

① 瑞典北博滕省一城市。
② 瑞典北博滕省一城市，以铁矿闻名。
③ 挪威北部城市，因北大西洋暖流经过，为不冻港。瑞典北部与斯德哥尔摩之间电气铁路的终点站。1883年起为瑞典铁矿石的主要输出港。原文拼写为 Norvik，应为笔误。

是被埋在了铁道旁，数年之后才被汇集到位于托恩汉姆的铁路公墓。在这座丰碑前，我如罗曼·加里[①]高呼："卓越的先行者们，你们将永享光荣！"

我的另一处回忆其实是一座用花岗岩雕成的朴素的十字架，上书："挪威人。安娜。"少有人听说过这个因身染肺结核而在一八八九年的冬天过世的姑娘，更不会有多少人知道，她曾是为铁路工人烧饭做菜的厨娘，因身上总是覆盖着烟垢而获得了"黑熊"的绰号。物换星移，她于身后却成为了诸多小说、歌曲与电影的女主人公。为了永久纪念她，每个春天，铁路工人们都要来到纳尔维克，评出一名选美皇后——她将戴上黑炭做的皇冠，荣登"黑熊小姐"的宝座。

无论是从基律纳还是拉普尼亚的任何地方，条条大路都能够带你去往约克莫克[②]，卡尔九世[③]国王于一六〇五年创立的小镇——这是瑞典王国官方的记载，而据拉普人称，约克莫克早在数世纪前就已存在，国王所做的只是筑起了一座教

① 罗曼·加里（1914—1980），法国外交家、小说家、电影导演和"二战"期间犹太出身的飞行员。
② 瑞典北部的小镇，目前瑞典拉普人最为集中的地方。
③ 卡尔九世（1550—1611），瑞典国王，维持了瑞典的基督教新教地位，为儿子古斯塔夫二世的事业开辟了良好环境。

堂和一家专销瑞典手工艺品的市场，顺便颁布了一种极度怪异却一直沿用至今的征税方法。

在将所有牲畜于附近安置停当后，人们要走进市场，寻求警察的协助，请其在驯鹿登记时充当自己的公证人。这个举动一般发生在每年二月，厚达一米的积雪可以帮人们轻松地将畜群聚拢在一起。牲口们会被一头接一头地用套索捆扎起来、牵到警察那里，手执漆刷的警察将会用无法擦除的红色颜料在它们的颈上做上记号。每三头中才登记一头，因此想要知道确切头数的话，得用登记的数字去乘以三，不过缴税的时候是按照三分之一来算的，根据公母、成年与否、是否用于拉车、是否被骗过，实际价值还会有所不同，这也是计算最终税额时所必须考虑的因素。登记后两星期左右，警察与征税员将会重新检验是否每三头驯鹿中都有一头做过红色标记，若是发现有哪头——在经过了繁复的乘除计算后——存在违规的情况，则它的主人就得一次性缴纳三倍于原始税款的额外税赋。每个饲主都会在自己的鹿的耳后打上特殊的记号，如果哪头牲口的标识难以辨认，它就会被依法充公、拉到约克莫克市场上去公开贩售。正因有这样的规定，那些不幸被狼咬去耳朵的驯鹿的主人们便时常需要再花一份钱才能购回相同的那只动物。税是为未来的五年预先支付的，假使五年后有某位饲主失去了若干头鹿，那么用失去的头数所对应的税额乘以三，所得的乘积将会如数返还到他的户头。我曾跟一个约克莫克人坦言，这一切对我来说实在是太复杂了，而他给我的回答是，相较于芬兰拉普人的税则，他们这个简直就是小巫见大巫——除了记三缴一的规定之外，芬兰人还得计算鹿角的重量与长度。

约克莫克位于基律纳以南两百二十公里，夏天去的话你会见到美不胜收的风景，公路穿梭在奇伟的白桦林，跨过湖泊，在美妙的耶利瓦勒①穿行——这里有用牛奶、蜜糖与藏红花搅打成的举世无双的冰激凌——沿路尽览姆杜斯国家公园②的奇巧瑰丽，但在冬天，极寒给不了更多——当然也给不了更少——满眼是雪的纯白，还有满树的冰晶。

在租车公司，佩尔·索尔凯通，一个常把微笑传染给别人的拉普小伙子，问我会不会驾驶摩托。当我回答是、我开过不少次的时候，他告诉我，那我一定能够驾驭雪地

① 瑞典北部城市。
② 位于瑞典北博滕省拉普兰山区。

摩托。

于是第二天清晨，天微微亮，我们便一人攀上了一部雪地摩托，就此上了路。这种摩托车没有轮胎，而是采用了足以应对任何冰雪路面的雪板和履带，所以我们没走四十五号公路，而是选择了连接杨卡纳福斯塔、卡利斯福克斯布伦、拉普堡、凯通、哈拉、玛姆伯利特与耶利瓦勒①的一栋栋小屋的冰道。我们准备到了那儿再换上一辆"全路况"。

"除了惊险刺激，还能省下差不多两个钟头呢。"佩尔道。

旅途的间隙，当我们喝着热可可、等待工作人员把油箱加满的当儿，佩尔给我细细地讲起了拉普人的文化。

每逢十一月初，雏鹿们断了奶，养鹿人的迁徙季即告开始。河流与湖泊都已封冻，蓬松的雪褥让雪橇的行进变得无比安全。他们向着越冬的原野徐徐迁移，三角形的队伍在雪白的背景上轻巧移动。领头的是经过专业训练的向导驯鹿，有拉普人在雪板上把持着方向，紧随其后的大部队排成了规整的行列：第二排两头、第三排三头、第四排四头……维持秩序的牧犬奔跑在了队伍的侧翼，抱着干粮、家当与帐篷的

---

① 均为瑞典北部城镇。

养鹿人一家坐在其他驯鹿的爬犁上甘当殿后。

歇脚的时候，当用过餐饭，家族的头领会将鹿骨收拢在一起，来到稍远的地方，将它们抛进草场，一边默念着："Juokke①（神呐），为这每一根骨头，请赐我一头仔鹿。"

如今的拉普人中，饲鹿者已是凤毛麟角，但他们悠久的文明早已同这些生物以及周遭的自然界维系在一起，不可拆解。

如果驯鹿腹毛稀疏，在前头等待着的必是个严冬；若在冬天它们互相舔舐，接下来的夏日将是温暖悠长。秋末的石鸡留存着的暗色羽毛是冬季迟来的讯号，冬日里角斗的驯鹿通知着人们，一波热浪之后将是一轮寒潮。晚秋的鹿群咀嚼起白桦的枯枝，春天里——尤其是在五月——必将有瑞雪降临。杜鹃不是在树顶而是在层叠的绿叶间歌唱，糟糕的夏天已然可期。倘若它是在倾倒的树干上鸣叫，那是不祥的预兆。

约克莫克的人口有三千两百，拉普人占了其中的一大半。每家人都住在独栋的木屋里，"沃尔沃"或是"萨博"就泊在门口。多彩的传统服饰仅用于庆典，棒球帽则是平日里通行

---

① 拉普语。

的配搭。在约克莫克博物馆里人们可以见到自一六〇〇年就与豢养驯鹿捆绑在一起的奇妙的拉普文化；在那之前，他们是猎手、渔夫乃至农民。拉尔斯·皮拉克[1]的画笔老道得仿佛他祖先熟练划弄着的小刀——他们在毛皮与兽骨上刻下了工作场景与北欧风貌。站在他的画作前，人只觉自己面对着一件证物——一个如此独特的部族，对自己的差异充满着自豪，同时又不含一丝民族主义的愚鲁和高傲。离开博物馆时，我不想去知道更不愿去接受：许许多多拉普族的年轻人——与日俱增——去了南方，寻找着他们心目中更好的机会，而这些人中的绝大多数再也不会回来。

在约克莫克住了三天，佩尔向我建议，趁不下雪，我们不妨去看看距此约一百公里的科维克约克。

小镇科维克约克钉在如画的风光里，美得出其不意。冷杉、枞树、白桦、山毛榉，冰结的枝条构成了不真实的图景，在提醒着我，我们已经进入萨满[2]、术士与巫者的领地——他们住在斯堪的纳维亚的无数传说里。

---

[1]　拉尔斯·皮拉克（1932—2008），约克莫克画家。

[2]　基于原始信仰的神灵崇拜，广义的萨满教遍布亚洲北部和中部，乃至欧洲北部、北美洲、南美洲和非洲。

芬兰神话中说，拉普尼亚拥有这世上最强的法师，"他们乘坐杉树枝或是气流的涡旋而行，时而变身为驼鹿、狼、鲑鱼，或是溪流中一缕轻缓的涟漪。"芬兰的史诗里，拉普人与巫师几乎就是同义词。

到达科维克约克次日，温度下降到了零下三十四度，再去赏游萨勒克国家公园与帕捷兰塔国家公园已不可行。作为补偿，我去参观了当地的教堂。在一堵墙上，我发现了法国讽刺诗人、大旅行家让·弗朗索瓦·雷纳[①]留下的一段文字；一六八一年，他曾与两名侍女一同到过这里："我们生在高卢。非洲见过我们。我们在恒河的圣水中重生。我们穿越欧罗巴，东西南北、陆地海洋，被生活变幻莫测的陷阱牵引到这儿拉扯到那儿。最终我们来到这里，地球的圆环就此合上。"

然而我知道，拉普尼亚的界限仍在更北的地方，直抵极地，我总想着有一天我要去那儿。可那又得是另一个故事了。

---

① 让·弗朗索瓦·雷纳（1655—1709），生于巴黎。

地中海的鲸

一九八八年因一件稀松平常的事被宣布为世界海洋年。人嘛，总得有些什么可以庆祝庆祝。它也可以被定名为世界森林年，而森林还会继续燃烧，在一边签订着森林保护开发条约的各国政府的冷漠与怠惰下，陆续从地球上蒸发；或者被叫作世界大气层年，尽管工业化国家仍在源源不断地排放出危及臭氧层的废气，对承担地表温度过热的罪责表现得满不在乎。

所有这些现实，荒诞而辛酸的现实，很容易就将人引向悲观，不过幸运的是，当我们可以确定地知道，有一些人和一些组织在为维护自然环境奉献着自己的力量，在推动着人们积极地行使那项基本的权利——共同决定我们小小星球的未来——这就好像一剂希望奋力打进了重商主义的盲目里。

我回忆起北切尔德尼亚① 海边的一个黄昏。太阳在我与我的朋友们眼前缓缓落下，搁下我们去照耀更西边的土地。忽然间，从海中传来了无可混淆的鲸鱼的歌唱，尖细的高音，像未来主义的曲子，叫所有听到的人都心头一惊。

我看见也听见过鲸，在格陵兰岛，在加州湾②，在瓦尔德斯半岛③，在被两大洋环抱着的合恩角④，但这还是我第一次在地中海目睹鲸鱼。随后我又接连看见好几头。它们腾跃着，以庞大的鲸目动物所特有的恢宏气魄：首先是凸起的额头，而后是抹过海面的背脊，最后是拍打着海浪的巨尾，或如巨大的黑蝴蝶沉入水底。

从无法追忆的时代它们就生活在这里，远比将热那亚湾⑤沿岸命名为"鲸鱼海岸"或是将如今被称作波托菲诺⑥的地方定名为"海豚港"的罗马人古老。它们一直在这里，在地中海，滋养着幻想，催生着憧憬，默示着人类存在的局限，为

---

① 属于意大利卡利亚里。
② 墨西哥西北的狭长海湾。
③ 阿根廷南部大西洋海岸的半岛。
④ 智利南部合恩岛上的陡峭岬角，位于南美洲最南端，以 1616 年绕过此角的荷兰航海家斯豪滕的出生地命名。
⑤ 利古里亚海最北端，西起拉斯佩齐亚、东至因佩里亚，长约 125 公里。
⑥ 意大利西北部里格连海岸东面著名的旅游海港小镇。

传说——譬如利维坦 [①] ——带来灵感，或只是在告诉我们，生命为世间的一切都预备了空间。

我在北切尔德尼亚的岸边遥看着那些巨鲸，一想到它们身处的是哪片海洋就打起寒战。

人类历史上还从未有哪片水域如地中海一样经历过这般蹂躏。被疯狂攫取直至诸多物种灭绝，非法渔猎活动无所不用其极，菜鸟们都敢驾凌于它的水面——在他们眼中，海洋不过是一种消遣，跟拉斯维加斯与迪士尼世界 [②] 一样，只用来打发时间。

显然不存在任何针对水上摩托与运动船舶的登记管控：快，罪恶地快，它们日复一日犁开地中海；而确有的是报告，尽管简洁，却详述了与被螺旋桨片搅碎的海豚的照面以及来自成百上千位渔民的证言——坐在迟缓的渔舟上的他们被迫观赏着那些多金的蠢货的残酷游戏，被肆意亵玩着的对象正是那些不期然路过船前的鲸鱼。

人类智慧的果实中有两样东西让我尤为厌弃：电锯和舷外马达。几百万片桨叶搅动着地中海的海水，似一尊巨型的

---

① 出自《圣经》，和合本修订版译为力威亚探，思高译本译为里外雅堂，指来自海中的巨大怪兽，大多呈海蛇形态。
② 位于美国佛罗里达州奥兰多市，世界上最大的综合游乐场。

搅拌机调制着一潭致命的毒鸩。

我明白对抗市场的立法很难，遑论要对抗的是非理性的娱乐市场；而比这难得多的是设法推行一项国际遵行的管制措施，对速度、排放以及夏日里那些伪海员的通航区域加以限制。

然而，若我们不想让这些地中海的大型海洋生物落入灭绝的境地，那么设立保护区——一个能让动物们安心成长繁衍的庇护所——已是眼下当务之急，且势在必行。

说到谁想试着去打动那些游手好闲的有钱人时，我是个绝对的悲观主义者；然而，出于对人类这一物种的信仰，我更愿意相信，在不久的未来，会有哪位工场主或是银行家不再以水上摩托赠给他年少的公子，而是邀请后者来到北切尔德尼亚我曾见到鲸鱼的海岸——在这里，那个男孩跟渔民的儿女挤在了一起，同为那些庞然大物在有保护的自然空间里的翻转腾挪而张大了嘴巴、瞪大了眼睛——生命是且永远是至庄至严而又满载着希望的赠礼。

我们依然来得及去拯救地中海的海豚与鲸。我们依然来得及将我们曾经夺去的太多东西中的哪怕一点还给这片哺育了诸多文明的海域。

大利佬 ①

　　朱塞佩先生常说，他之所以幸福是缘于一连串的错误。他十分乐意去回想起它们。第一次发生在一九四六年，这个热那亚小伙子终于登上了去往美洲的班船——他想象中的美洲，如自由女神般大张着双臂的美洲。而被他抛在身后的是废墟中的意大利、战争的梦魇以及许许多多的乡邻——法西斯的黑色衬衣还未好好埋上，他们便套上了民主主义者的制服。

　　是的，美洲正张开臂膀将他等候。为了不负如此盛情的迎接，朱塞佩先生将一个美国大兵教给他的二十个英文单词温习了一遍又一遍。

　　然而启航的第五天，朱塞佩先生被冷不丁泼上了一盆凉

---

　　① 原文为"tano"，意大利人的别称。

水，一名船员告诉他，这艘船确是开往美洲的，不过是开往南美洲，因为要知道，美洲——那人的原话——要比所有的希望更大，比所有的苦痛更广阔。

惊愕过后，朱塞佩先生寻找着能给他讲讲此行目的地的人，很快他就跟一个机修工交上了朋友。那人也是意大利人，在南美轮船公司 ① 服役已有数年。

这位同乡给他介绍起阿根廷：在这个幅员辽阔的国家里，肉几乎不要钱，麦子多到没几年前要用来烧火发电的程度。此外——他说——我还认识一家人，从皮埃蒙特 ② 来的，现在在门多萨 ③ 开了一家意大利面厂，到时要是你说是我介绍你去的，他们肯定能给你点活儿干，顺便供你吃住。

待他们一到布宜诺斯艾利斯，朱塞佩先生首度踏上美洲的土地，那个机修工就为他联系上了一位卡车司机：专运床垫的他常年在阿根廷首都与各省之间来回跑。

"成啊，大利佬，我来载你，不要你钱，还管你食宿，只

---

① 南美洲最大的船运公司，成立于1872年，是一家总部设在智利的船运贸易企业。
② 意大利西北的一个大区。
③ 阿根廷西部的一个省。

要你帮我卸货就行。不过你真正的任务是跟我讲话，就这一路上不停地讲，讲什么都行，再无聊的事也没关系。"

那卡车司机的话朱塞佩先生是一个字也没听懂，不过冥冥中有什么东西让他明白了对方的意思，于是他答道"va bene①"，随即爬上了副驾驶座。那是一辆破旧的"迈克"②，发动机盖上镀着头斗牛犬。车还没开出几公里他就爱上了"大利佬"这个称谓，就像随着时间的推移，别人能够叫他"老意③"他也很开心。

刚刚驶出布宜诺斯艾利斯城郊，接踵而至映入这位年轻移民眼中的是一派平整、青翠、无尽的图景，极少有车或人同他们擦肩而过，千万头奶牛没精打采地望着他们在潘帕斯④穿行。为了不让司机大哥睡着，他讲起了他战争中的生活、热那亚以及他对合情合理的幸福的无限憧憬。

就这样行驶了几百公里，第二天的清晨，卡车从高速

---

① 意大利语，意为"好的"。
② 北美卡车品牌。
③ 原文为"bachicha"，意大利人的另一别称。
④ 也称阿根廷草原，南美亚热带湿润气候下的高草草原，分布在拉普拉塔平原南部，包括乌拉圭、阿根廷东部、巴西南部等地区，面积约76万平方公里。

公路拐上了一条土道，而后停在了一家客店门口。那儿已经聚着好些司机，不过更多的是肉，许许多多的肉——在几个高乔人专注的目光之下正烤着数头从肩隆处割开的全牛。我们的意大利小伙子此生还从未如此吃喝过，胡吃海喝，以至于后来那位做东的司机——其食量也毫不逊色——干脆将他举上了拖斗，好让他在柔软的床垫上睡过酒尽的困惑。

朱塞佩先生从未能知道在门多萨究竟发生了什么——如果卡车真的在那个城市停留过的话。他只记得他是被一阵刺骨的极寒冻醒的，旋即就有几个身着绿色制服的男人命他马上下车。

头痛欲裂，干渴如马，朱塞佩先生蹦到地上，登时就被眼前萧索的安第斯雪山吓了一跳。这般瞠目结舌，也叫智利缉私队的诸位士兵明白，他压根就不晓得自己身在何处。

"这是救世主基督像，我们的国境。从我主的左边奶头再往那儿是阿根廷，右边奶子开始则是我们智利。"

直到这会儿朱塞佩先生才发现，此刻的司机已经不是当时在布宜诺斯艾利斯载上他的那位了，慌乱中他用热那亚方言重复了一千零一遍他的目的地原是门多萨，可他的叙述却因一个个满盈着酒气与烤肉味的饱嗝而变得磕磕绊绊。

　　缉私队员的所有问话中，朱塞佩先生唯一听懂的是他们问他喜不喜欢阿根廷的烤肉和红酒。他回答说"是"，这个词他会，这已足够使得那些智利军警将他拉去部队的食堂，在那儿，这个初来乍到的小伙子经历了第二次肉与酒的盛宴，而后是第二次的醉倒，醒来的时候，他已经成为一位专司火鸡与其他禽类养殖的军士的助手。

　　几年后，朱塞佩先生，一些人口中的"老意"，另一些人舌尖上的"大利佬"，在我童年生活过的圣地亚哥 ① 街区创办了一家舶来品超市。他已是这个无产阶级市街里的又一名普通百姓。他用一本黑色封面的粗糙小本子记录着街坊邻居们赊账的条目；他慷慨地把大片香肠分给孩子们，为我们启蒙着歌剧的秘密，以碳素唱片的咏唱妆点着午后；他诚邀整个街区的人来到他的超市，为奥达克斯意大利人足球俱乐部 ② 的胜利举杯庆祝。

　　超市里最盛大的一次聚会举办于一九七〇年的九月四日。

----

　　① 智利首都。
　　② 智利甲级联赛中一家由意大利移民成立的俱乐部，主场位于首都圣地亚哥。

那一夜，这个社区有太多原因可以庆祝：萨尔瓦多·阿连德 ①
赢得大选，朱塞佩先生与德尔菲娜女士在二十年的地下恋情
后终结良缘；而将欢庆推向最高潮的是，朱塞佩先生无比激
动地宣布，他刚刚取得了智利国籍。

　　我最后一次见到他是在一九九四年。他已是个老头。超
市已不复存在，街区也是，都被贫穷给吞了去。可他的旧唱
碟仍旧在用不可能的爱和经久不衰的语声填充着每个下午。
我跟他喝了两杯，又一次听过了他的故事；他问我，欧洲对
待移民的态度是否真的那么冷酷，回答"是"的时候我真正
感觉心酸。

---

① 萨尔瓦多·阿连德（1908—1973），智利总统，拉丁美洲第一任自
由竞选获胜的总统，任内对铜矿实行国有化、进行土地改革等，于
1973 年 9 月法西斯军人政变中以身殉职。其侄女伊莎贝尔·阿连德
为智利著名作家。

采石工

　　这可以是一则仅用三行字写就的简短故事。第一行讲的是一个造型艺术家、一位雕塑者，他在工作室丰沃的孤独中满意地品赏着自己的最新作品，一尊亚历山大大帝 ① 骑马像的模型。

　　而第二行会谈及一个来自彼得拉桑塔 ②（托斯卡纳 ③ 一座绮丽的小镇）的男人。刚破晓他就如猫般攀在了一座山极度腻滑且几近垂直的表面上，除了健壮的双手与坚定的双脚，无所凭依。他是个采石工，用意大利文讲是 cavatori。

　　第三行说的则是同一个镇子里的一位姑娘。她年轻、漂亮、柔弱，只有一双稳健的手揭示着她的工作——那门到她

---

① 亚历山大大帝（前356—前323），古代史上著名的军事家、政治家、征服者，建立了庞大的亚历山大帝国。

② 地名意为"神圣之石"。

③ 意大利一个大区，以其美丽的风景和丰富的艺术遗产著称，首府为佛罗伦萨。

这儿已经延续了超过十代的手艺——水磨工。她更应被称为雕塑家，因为正是她娴熟的双手将形态与和谐赋予了那块之后要成为大师签名之作的石头。她的谙练被好些塑形者所称颂，但更大的认同叫作石末沉着 [1]，即磨工痨。

现在那艺术家正与一位建筑师会面，一同研究着那片被选作大帝与马永垂不朽之所的空场。他们谈到灯光要在长夜里凸显出大理石的尊贵，塑像的两侧要种上意大利柏，将战斗时的青春还给这位稀世英雄。

日光在头顶烧灼，遥远的第勒尼安海 [2] 救不了眼中的燥火。采石工拍打着大理石的表面，像是要叩开英雄的寝宫。他找到了那个地方，将铁条钉入，铁条系着绳子，绳子的另一端缠在腰部，他顺着石头最光洁、最细腻的一面往下滑，用锤子和錾刀画下了标注着大帝与战马身形的符号。脚下一百米的地方，同事们仰望着他。他们或是在嚼着"石工的腌肉"——调味用的是迷迭香和石场的风；或是在瞄着耶稣

---

① 也称尘肺病，尚无方法完全治愈，得此病常是因为在特定环境下长期工作。

② 地中海的一个海湾，在意大利西海岸与科西嘉岛、萨丁尼亚岛、西西里岛之间。

的画像，上书："庇佑我们的工作。"

姑娘走进工坊，每一步都呵起大理石的微尘；一部艺术史将微尘撒在了彼得拉桑塔的每个角落。她招呼着每一位同事，一天才开始，他们都已满身披上了灰粉；半个小时之后，她也会同他们一样，只有操作着古老或现代的工具的双手让她与雕像有所分别。数百尊雕像，是古今名人的不动的序列，等待着大师到来为它们添上点睛的一笔，然后按惯例留下他们如雷贯耳的名字。

或许那位艺术家在打着粗样的时候还要无眠几日，一遍一遍地修，最终寻到了关于亚历山大大帝的确切表述。他可以高傲，可以沉静，可以怜悯，可以因为胜利的轻蔑而尽显憔悴。

可我从来就对胜利的英雄不以为意。我从来就对大理石的英雄不以为意。我在乎的是那悬在噩梦的高空，或被时而声名狼藉的艺术的重量所压垮的石工。

刚刚过去的五月，恰在彼得拉桑塔的我亲眼见证了两位石工的死引起的骚乱，从石山上崩落的巨岩没有给他们反应的机会。在卡拉拉 ①，每年都会有六到八名这样的石场工人不

---

① 意大利中北部托斯卡纳区的一个省。

幸丧生。葬礼上，在场的唯一一个艺术家称这两位石工为艺术的殉道者，当即就有另一名工人指着这个靠嘴吃饭的托斯卡纳人唾骂起来：不，他们的死不是为了艺术，而是因为缺乏防护，以及少得可怜的薪水。

而我又一次地确证了，普通百姓的义理要比一切所谓艺术的真谛更有价值。

我确实牵挂着彼得拉桑塔的大理石匠们，姑娘、小伙子，他们明知自己生命短暂——因为石粉是不断石化着肺叶的白色的诅咒——却依旧将人类关于美与和谐的可怕风俗延展向前。

若我是一名雕塑家，要负责创作一尊亚历山大的塑像，我会将我的签名安排在最下边。首要的位置要刻上从山体甄选、切割、运下石块的石工的名字；而后是为之赋形的水磨工；再来是腌肉匠、采香料者、面包师以及托斯卡纳甘醇红酒的缔造者、在葡萄采摘季里辛勤劳作的芸芸农人。

女士们、先生们，当你面对一尊用卡拉拉大理石雕琢而成的塑像时，请记得彼得拉桑塔的石工和磨工们。请记得他们，也向他们尊贵的无名致以问候。

一个叫比达尔的男人

　　豪尔赫·伊卡萨①发表《瓦西蓬戈》②时，厄瓜多尔的富人们无不对其可怖的情节表现得怫悒异常，然而无论是庄园主、神父还是企业家都未在其时——直至今日——以厄瓜多尔、秘鲁和玻利维亚安第斯山地的原住民农户为对象的剥削、践踏与灭绝中表现出丝毫被撼动的迹象。一九九七年我首次到访厄瓜多尔，现实仍与伊卡萨书中所述同出一辙。没有权利的人们，没有资源的人们，除寂寥的冷夜外没有其他庇护的人们——只有在黑暗中，他们才能放胆互诉着热望与梦。而就在那一年，我结识了比达尔。

---

① 豪尔赫·伊卡萨（1906—1978），厄瓜多尔剧作家、小说家。
② 中篇小说，反映印第安人困苦生活、揭露社会矛盾的现实主义作品。

我记得当时我坐在卡扬贝 ① 市场的一个食摊前，啃着美味的碳烤豚鼠，同时注意到了一个男人。只见他神神秘秘地走到了那些农民以及自荐要当搬运工的印第安人跟前，几乎是用耳语跟他们说了些什么，凡是没有匆忙逃开的，他都递上了一本小册子——从他彭丘 ② 的褶里掏出来的，像是在变戏法儿。

忽然听见一阵哨声，接着是疾跑的脚步声，一队警察冲了进来。男人把帽檐压了压，朝最近的出口走了过去，经过我身边的时候顿了一下，确认这扇大门也被穿制服的拦了起来。他扫了一眼周围，恰与我四目相对，生活的奇妙律法里，所有被它强奸的都要相遇：他是被追捕的对象，我则刚开始一段长年的流亡。他在我面前坐了下来，抓起了桌上的酒瓶，一大口啤酒下肚，他跟我谈起了养鸡。我会意接过了话茬，警察们走过时我们正以极其专业的术语酣谈着舌疮在禽类养殖中的巨大危害。

"我叫比达尔，在召集一次工会会议。"事实终究要压过关于鸡的话题。

---

① 厄瓜多尔东北部皮钦查省的一座城市。
② 羊驼毛织成的斗篷，形状像长方形的毛毯，是秘鲁安第斯山区印第安人的传统服装。

我们离开了市场。稍晚些的时候，当我们坐在广场上，我叫他把那小册子拿给我看看。那是一张纯手工油印的纸页，上面的粗体大字我一个都不认得，因为我不懂凯楚阿语。

"没几个人看得懂，不过不要紧；字印出来就有了力量，能把人聚到一起。"比达尔说。

太阳在高空闪耀，于不远处的皮钦查撩起刺眼的辉光，将驼着种种重物弓身而行的印第安人的影子镇压。

"这是城市版本的《瓦西蓬戈》。他们没有地，只能靠搬点东西挣口面包。他们活在街上死在街上。"他评论道。

"你说你叫比达尔。比达尔什么？[①]"我记得我这么问过他。

"就叫比达尔，这就够了吧。你要一起来开会吗？"

他说话的时候，每一个"r[②]"都像是被嚼烂了才吐出嘴巴的；就这样，操着浓重的山地口音，他向我讲述起了一个农民工会活动家所经历的艰辛点滴。因巴布拉[③]农民联合会的诞生、垮塌、复生、再次垮塌。比达尔的一边裤袋里装着橡皮章——带注册编号的，可以证明他的公会正当合法——以及

----

① 这里问的是比达尔的姓。
② 西班牙语"开会"一词以 r 开头，发颤音。
③ 厄瓜多尔北部的一个省。

一捆空白的入会证，另一边口袋中则安放着一张从电影杂志《银幕》上剪下的画片。

"知道这是谁吗？"他指着一个美艳而神秘的女人问我。

"葛丽泰·嘉宝。"我回答道。

"是她一直在保我平安。我是个无神论者，不过有个信仰总是好的。"比达尔说。

我们在笼盖着半个地球的巨大的暗夜下行走，几小时后，我们终于抵达了会场。已经在那儿的二十来个人立时跟我们分享起了他们的所有：皱巴巴的土豆、小段雪茄、凶猛的蔗酒。比达尔在用凯楚阿语跟他们交谈，而我唯一能够从中解读的字眼是"工友"。农民们时而点头，时而提问，从语调中我能感觉到他们在争论，而会议的最后他们互相拥抱，像诡秘的阴谋家已准备好要袭取天空。

比达尔。之后的许多次秘密会议我都陪在他的身边，甚至我们还共同设计了一个迷你的扫盲计划，他引领我遨游在安第斯的历史长河，同时将凯楚阿语教授予我。我见过他的欢悦，见过他的颓丧，见过他唱起圣胡安尼托 ①，见过他因地

---

① 拉丁美洲一种二拍子的舞曲。

主的圈套被乱棍痛打后遍体鳞伤地躺在伊巴拉医院的病床上。我曾住在他家，他的家人就是我的家人，直到一九七九年我离开厄瓜多尔时，我知道我将与这位挚友分离，将与这位无可比拟的伙伴分离，而遗憾的是我从未能获知他的全名，没机会与他书信相通。

生活携我走过条条小径，我不曾忘却比达尔，就在几周前，生活①——那总将倒霉鬼们凑在一起的生活——把一份厚礼递到了我的手里：我那位朋友的相片赫然出现在了我总在网上阅读的厄瓜多尔报纸上，在以皮钦查为背景的画面中，他正为一个合作社的开幕向农民兄弟们慷慨陈词。而在页面的底部我看到了这样一段文字："工会领袖比达尔·桑切兹……"

一个叫比达尔的男人。比达尔·桑切兹。布莱希特②说得好："有些人毕生都在战斗，他们是必不可少的人。"

---

① 文字游戏，"比达尔"拼作"Vidal"，"生活"拼作"vida"。
② 贝尔托·布莱希特（1898—1956），德国戏剧家、诗人，曾投身工人运动，历经流亡、迫害，于1955年获列宁和平奖金。

劳芬堡^①的那位关员^②

  劳芬堡是座由瑞士与德国共有的小镇，古老的莱茵河将它一分为二，河水威严澎湃地从桥^③下撞过，石桥曾经分隔、如今连结着城市的两半。德国那头，劳芬堡地界之后，生出了黑森林^④壮丽的绿色宇宙。瑞士这头则是该国井井有条得甚至让人提不起兴致的广阔田野——每根草丝都几乎是等长的，比英国同僚更加偏执的瑞士奶牛们连走起路来都在同一节奏——叫身处此地的人们轻易就以为自己产生了幻觉。

---

 ① 镇名中的"劳芬"，即德语"Laufen"，意为"奔跑"，取自在此处水流湍急的莱茵河。
 ② 原文为加定冠词、首字母大写的"海关关员"。
 ③ 指劳芬桥，桥两头各设瑞士与德国的边检站。
 ④ 德国最大的森林，位于德国西南部的巴登–符腾堡州，大部分被松树和杉木覆盖。

德国那头说的是阿勒曼尼语①，南日耳曼瑰丽的方言拼贴画中最甜美的一支，听懂以后，无处不在的指小词②足以令南美人如宿家中③。

瑞士这头则由瑞士德语④统治。一年中，只有Fastnacht⑤，狂欢节的那几日，这里的居民才可拥抱起阿勒曼尼语的温柔。

要从德国那头过到瑞士这头，除了需要穿过石桥，还得准备足够的耐心，因为瑞士边检的小平房里，有那位关员正在工作。

桥的两端都有海关。德国那头的检查松散得很，这也可以理解，因为如梦似幻的景色里，谁都不愿给别人也不愿别人给自己添麻烦。于是那边的伙计们亲切地问候着每一位过客，痴痴地望一会儿远方的河流，还要时不时地溜去莱茵河边的露天雅座来上两扎啤酒。

---

① 包括一系列方言，属上德意志语，原指日耳曼人的一支、阿勒曼尼人说的语言，现在瑞士、德国、奥地利、列支敦士登、法国阿尔萨斯和委内瑞拉德国村共1000万人左右使用这种语言。
② 也叫缩小词，一种词缀，缩小或者减轻词根所表达的意义，常起到缓和语气、表达亲切感和好感的作用，在口语中使用较多。
③ 南美人在口语中常用指小词。
④ 一般认为瑞士德语是德语的一种方言，与施瓦本方言较为接近。
⑤ 德语的"狂欢节"，本义仅指基督教四旬斋节开始的前一天，15世纪以后指四旬斋节开始的前一周。

瑞士海关的工作人员们同样如此，除了一个例外：那位关员。

那是个粗短身材的男人，总是穿着他笔挺的灰色制服，规定的贝雷帽微微偏向左边。他该有六十来岁了，头发全白，鼻梁上架着老花镜，第一眼看上去就像是个和蔼可亲的胖子，可事实不然，因为他就是人们口中的那位关员。

在瑞士那头工作的德国人很多，每天早上，只需想到今天说不定轮到那位关员值守，就足够叫他们腿脚发颤。这种恐惧是有充分理由的：在那位关员执着的检验精神以及高烧般的责任感面前，他们得冒着损失大把时间的风险。

于是，眼下我们就有了这么个例子，说劳芬堡一位每年都要过境两次、一直持续了整整十年的德国住民，这回说巧不巧，就跟那位关员狭路相逢。

"请出示身份证，还是怎么说 ①。"那位关员要求着。

"又要？打小你不就认识我吗？"德国人回嘴。

"身份证。"那位关员冷冷地重复。

德国人老老实实地递上了证件，克制地忍受着关员的视

---

① 口头禅，原文为德语"oder"。

线，而后者一步步验证起了证件的真实性、照片是否相符、瞳色的对应情况，以及有效期。

"有什么要申报的吗？还是怎么说。"关员问。

"没有。我还能有什么鬼东西需要申报？"德国人回答。

"到瑞士的目的？"关员又问。

"喂喂，十年前我就在汽巴精化①的实验室里干活了，您又不是不知道。"德国人恼了。

"那个包呢？包里有什么？"关员指明了他怀疑的缘由。

德国人把包打开，里面装着暖瓶，还有一个美味的奶酪火腿黄瓜黑麦三明治。

"面包、奶酪、火腿和嫩黄瓜，还是怎么说？"关员列举着三明治的配料。

"还有黄油。好多的黄油。"德国人嘟哝着，一边看表。

"把后备厢打开。"关员下令。

德国人下车，深呼吸，照着做了。在掀开后盖的一刹那，他听到身边人发出了胜利者的欢呼。只见那位关员举起了控诉的食指。

---

① 总部设在瑞士巴塞尔的精细化工生产商。

德国人赶紧瞅了一眼,只恨自己没有提前将后备厢清空。昨天他跟孩子们一起去了泳池,里头到现在还搁着泳镜、小黄鸭和两把令人生畏的水枪——那位关员仔细检查着它们,小心得好像乌尔斯特①境内的英国技工。

"我说,我们之间互相了解的程度都好比一家人了。你不会觉得我是专门走私橡皮鸭的吧?"德国人相当委屈。

那位关员的母亲在劳芬堡的德国人中享有盛名,若是要列个德语最古怪脏话排行榜的话,由她首创的"括约肌"一定位列其中。

德国人一面想着这个,一面把发动机罩打开,好让那位关员凭借他灵猫的锐眼和一把小巧的手电查验起汽车的汽化器、水箱和刹车液。

通常我每周要过境三次,到瑞士那头去买巧克力和电子烟,我可以骄傲地说,我至今领跑着一个奇异的纪录:那位关员复印我的护照得有五百来遍了吧,护照全本,包括其中的每一页。瑞士财政在我身上真是花老钱了。

每回他复印着我的证件,问我"去哪儿、到瑞士干什么、

---

① 指北爱尔兰。

是否有东西要申报，还是怎么说？"的时候，我好似听见他的
提问中蕴含着这样的宣言：《马斯特里赫特条约》^①与我同在！
《申根协定》^②与我同在！这就是我——边境的保卫者，国门的
守护人，在异端面前捍卫着大欧罗巴的最后的十字军骑士！
这就是我——劳芬堡的海关关员！

---

① 即《欧洲联盟条约》，于1991年12月9日至10日第46届欧洲共
同体首脑会议上签署，是欧盟成立的基础。
② 1985年6月，德国法国等五国在卢森堡边境小镇申根签署的《关
于逐步取消共同边界检查》协定，规定在协定签字国之间不再对
公民进行边境检查。瑞士于2008年正式加入协定，但过境瑞士海
关仍需接受检查。

阿塔卡马①的玫瑰

　　弗雷迪·塔维尔纳有一本硬纸本，他在上头认真地记述着世界的奇迹；它们远不止七个，而是无限多个，且还在不停地倍增。凑巧的是，我和他生在同年同月的同一日，只是隔着两千公里的荒土——因为他生在阿塔卡马沙漠，几近智利与秘鲁的分界线——而这也成了奠定我俩坚固友谊的众多原因之一。

　　一天，在圣地亚哥，我见他在数点着森林公园的树，而后在他的本子上记录着：中央大道两旁栽种着三百二十棵比伊基克②大教堂更高的法国梧桐，几乎每一棵的树干都粗得单人无法抱住，公园旁流淌着清凉的马波乔河③，光是看着它在

---

① 南美洲西海岸中部的沙漠地区。
② 智利北部塔拉帕卡大区的首府，西临太平洋，东靠阿塔卡马沙漠。
③ 安第斯积雪融化形成的河流，贯穿圣地亚哥。

古旧的铁桥下跑过，人就心生幸福。

当他给我读起这段笔记，我告诉他，特意去写这些树木实在让我感觉荒谬，因为圣地亚哥有那么多的公园，里头有那么多与眼前这些一样高甚至更高的法国梧桐，况且用如此诗意的语言去描写马波乔河——一条携万千浊物与动物死尸而过的淤泥色的孱弱水流——是否有些明珠弹雀、大器小用。

"你没去过北边，你不懂。"弗雷迪答了一句，随后继续描绘起圣露西亚山山脚小花园 ① 中的寻常景物。

在被标志着圣地亚哥每日正午的鸣炮声惊吓过后，我们决定去武器广场 ② 喝上两杯，当时的我们有着二十岁的年轻人固有的干渴。

几个月后，弗雷迪带我去了北边。他的北边。枯萎，荒芜，却满载回忆，时刻准备迎接奇迹。三月三十日，我们随第一缕晨光离开伊基克，未等太阳 ③ 升上莱万特的山头，朋友那辆饱经风霜的"路虎"已带我们走在如没有尽头的银针般

---

① 圣露西亚山，又名情人山，1872 年时圣地亚哥市政府对其进行了花园式改建。
② 圣地亚哥城市中央的广场。
③ 原文为凯楚阿语。

笔直而漫长的泛美公路[①]。

上午十点，阿塔卡马沙漠展示着它盛大的残酷，我终于明白为什么当地人总显得如此早衰，于他们身上刻下道道沟壑的是日光与被硝石浸透了的风。

我们造访了一个又一个鬼镇：房子都被完好地保存着，屋里秩序井然，桌椅等候着迟迟不来的食客，工人剧场与工会总部急不可耐地期盼着下一次维权运动，学校的教室里黑板空空，静待着谁来写下那段历史，把硝石开采的猝死解释清楚。

"布维那文图拉·杜鲁提[②]曾经到过这儿，就睡在那间屋子里，在那儿谈论着工人的结社自由。"弗雷迪给我指着，同时讲述起了他自己的故事。

傍晚时分，我们在一片墓地处停下，这里的墓碑饰有干枯的纸花，我一时以为那就是著名的阿塔卡马玫瑰。十字架上镌刻着不同的姓氏：卡斯蒂利亚人、艾玛拉人[③]、波兰人、

---

① 从美国边缘延伸、纵贯中南美洲大部分地区的公路。
② 布维那文图拉·杜鲁提（1896—1936），也译为布维那文士·杜鲁提，西班牙无政府主义运动代表人物之一，西班牙内战时期无政府主义者革命武装力量的重要领袖。
③ 南美洲的的喀喀湖地区的土著。

意大利人、俄罗斯人、英国人、中国人、塞尔维亚人、克罗地亚人、巴斯克人、阿斯图里亚人、犹太人——因死的孤独以及红日方沉太平洋便恣肆降落在大漠的寒意而在此聚拢。

弗雷迪在本子上书写着，或检验起先前的记录。

我们在墓地近旁铺开睡袋，抽起烟，谛听静默。之前被日光的温热苦苦抑遏着的千万沙砾的呢喃终于因气温的巨变迸发出来。漫天繁星点亮着沙漠的夜，我记得我遥看着它们，看着看着就倦了。三月三十一日的早晨，我是被我的朋友摇醒的。

睡袋是湿的。我问是不是下过雨了，弗雷迪回答说是，雨下得很轻，很细，如阿塔卡马的每一个三月三十一日。我彻底醒过神来的时候看见沙漠是红色的，红得浓烈，血色的小花铺满大地。

"这就是了。沙漠玫瑰，阿塔卡马的玫瑰。它们一直都在这里，在贫瘠的砂土之下。阿塔卡马人见过它们，印加人见过它们，西班牙征服者见过它们，太平洋战争①的士兵见过它

---

① 指南美太平洋战争，又称硝石战争或鸟粪战争，是 1879 年至 1883 年智利与玻利维亚、秘鲁争夺南太平洋沿岸阿塔卡马沙漠硝石和鸟粪产地的战争，最终智利获胜。

们，硝石工人见过它们。它们一直都在这里，一年盛开一次。正午的阳光又会将它们锻成灰粉。"弗雷迪边说边在本子上记录着。

这是我最后一次见到我的朋友弗雷迪·塔维尔纳。一九七三年九月十六日，法西斯军人政变后的第三天，一队士兵将他带到了伊基克郊外的旷野。他几乎无法活动，他们打断了他的一只手臂和数根肋骨，他险些睁不开眼，他的面孔是一盘一码色的血肿。

"再问最后一次，你认不认罪？"阿雷亚诺·斯塔克将军 ① 的助手喊叫着，那位指挥官正在不远处观看着整个场景。

"我认罪。我认罪，因为我是学生领袖，是社会主义战士，是宪法政府的捍卫者。"弗雷迪答道。

军人们杀死了他，将他的尸体埋在了沙漠的某个地方。几年后，在基多 ② 的一家咖啡馆里，西罗·巴耶——另一位法西斯恐怖的幸存者——告诉我，弗雷迪迎着子弹，用尽肺腑之力高唱起了社会主义的马赛曲。

---

① 智利军政府首脑皮诺切特的将领，以无情闻名。
② 厄瓜多尔首都。

一晃二十年。也许聂鲁达说得对："昔日的我们已不复存在。^①"但我仍以我的伙伴弗雷迪·塔维尔纳的名义，在一本硬纸本上记述着这世界的奇迹。

---

① 聂鲁达代表作《二十首情诗和一首绝望的歌》中的句子，摘自陈黎／张芬龄译本。

费尔南多

不论哪个查科人都已无法记起那个确切的日子，雷西斯滕西亚①燥热潮湿的街道中行走着一个背着吉他的外乡人。他与身旁的狗如老友般地聊着，狗不知是何品种，如影随形。只见他叩开了一家客店的门，称自己是个流浪艺人——确切地说是博莱罗②的歌者，而后问及他们一人一狗可否在此处落脚。

"只要你们遵守这儿午睡的规矩。一到时间，你就不准唱了，狗也不许吠。"他得到了这样的回答。

查科的午觉漫长。卧着的时光舒缓宁静地过去，好像巴拉那河③的水。伏天的酷热里，微风都飘去了无人知晓的国度，大嘴鸟不再鼓噪，鲇鱼于河底闭上了滚圆的眼，人们深

---

① 阿根廷北部查科省的首府。
② 单人或双人的舞曲。
③ 南美洲第二长的河流。

陷进昏沉而有益的迷睡里。

几天后，歌者在一次午觉中永远睡了过去。直到不幸发生时，旅店老板和住客们才发现他们对这个男人几乎一无所知。

"我只晓得其中一个叫费尔南多，不过不知是人还是狗。"有谁说道。

在将艺人安葬后，作为对他的纪念，雷西斯滕西亚的住民们决定收养那条狗。他们叫它费尔南多，从此照料起它的生活。一家小酒馆的主人承诺每天早上给它一碗牛奶和两个羊角面包。十二年来，费尔南多在同一个酒馆的同一张方桌上享用着早餐。一位屠夫说每到中午他都会为它预留一段肉骨头。于是费尔南多日日准点赴约，终其一生。脚夫营火会的艺人们接纳它成为社团的一员，这是一所无门的屋子，如今行路人还能在其中觅得马黛茶和休歇之所，在这里，费尔南多担当着最不留情面的音乐评论者。许是继承自它的第一位主人，这条狗拥有最敏锐的乐感，但凡有哪位乐者稍稍跑调，就得承受它高声的叱责。

门波·贾迪内利①告诉我，一位享有盛名的波兰小提琴家

---

① 门波·贾迪内利（1947—　），阿根廷记者、作家。

曾在阿根廷东北部巡回演出，音乐会上，费尔南多在第一排聆听演奏，它闭着双眼，竖着耳朵，直到音乐家的一个闪失令它发出了一声撕裂的长吼。小提琴家中止了表演，要求将这条狗撵出大厅，而观众们的回答斩钉截铁：

"费尔南多知道它在做什么。要么你好好拉，要么滚。"

十二年里，费尔南多在雷西斯滕西亚过得逍遥自在。没有哪场婚礼会少了它的参与，新人们的恰马梅①总伴着欢快的吠叫；倘若哪回守灵没有它的到场，无论死者还是家属都会大失所望。

只可惜狗的生命总是短暂的，费尔南多也不能例外。它的葬礼到场人数在雷西斯滕西亚冠绝古今，千百条唁电用哀伤填满了每一份本地报刊，无数巴拉圭人跨越国境而来只为表达哀思，政治巨头们为它的公民美德高歌颂赞，诗人们竞相诵读着祭奠的诗篇，人们自发捐款筑造了它的铜像——就坐落在市政府的大楼前，却背对着它，即是说，把屁股亮给了强权。

几周前，我带儿子塞巴斯蒂安重走我热爱的那些小径，我们驶出雷西斯滕西亚，穿越坚不可摧的查科，就在城市的边界，我最后一次见到了那条标语：欢迎来到雷西斯滕西亚，费尔南多之城。

---

① 阿根廷最受欢迎的本土民乐。

梦的 S 是萨尔加里[①] 的 S[②]

我儿时的一个梦里，桑德坎在与一众荷兰黑奴贩子搏斗之后身负重伤，而平日里为其竭忠尽智的雅耐兹并未在场。我局促不安地守在落难英雄身旁，噙泪奋战着，询问这位马来虎王子我该为他做些什么。

"去找雅耐兹。张开风帆，全速前往马达加斯加。"

许久之后的一九八四年，我来到莫桑比克，在马普托[③]市内塞维利亚旅馆的客房里，我做了相同的梦。

---

① 指前文提到的意大利小说家埃米利奥·萨尔加里，所写小说多以海盗生活为题材，其作品曾被改编成动画《海盗桑德坎》，剧中，马来虎王的幼子桑德坎在狐狸军师雅耐兹（中文引进版译为雅提耐兹）的帮助下最终打败了残暴贪婪的叔父，取得胜利。
② 西班牙语中，sonar（梦）与 Salgari（萨尔加里）的首字母均为 S。
③ 莫桑比克首都。

于是我收拾起行囊，于伊尼扬巴内①以北的贝拉角②登上一艘渔船，沿南回归线向东远航。

莫桑比克海峡③宽约六百海里，分隔着非洲大陆与位列世界第四大岛的马达加斯加。航路上，于凶险的浅滩之间——莫桑比克的水手们对其了如指掌——我见到了另一处桑德坎常顾之地的轮廓。那是疏弃的欧罗巴岛④，主权属于法国，居于其上的却是从不用法语呱呱说话的数千海鸟。

两日的航行安适闲逸，尔后，渔民们在图利亚拉⑤将我放下。这座被丛林环抱的奇丽小城为我打开了岛屿之门。一条平坦的公路让我可以无所顾忌地纵穿全岛自南部多凡堡至北部迭戈苏瓦雷斯⑥的一千六百公里，但总有些不可言说的东西在我耳边反复着：要想找到雅耐兹，必须走上西边的小道。就这样，我有幸到访了曼扎、穆龙达瓦、贝卢、迈因蒂拉努

---

① 莫桑比克南部滨海的省份。
② 莫桑比克索法拉省贝拉港所处的海角。
③ 世界最长的海峡。
④ 法属印度洋诸岛之一，莫桑比克海峡中一个面积为28平方公里的小岛。
⑤ 马达加斯加第五大港口，位于马达加斯加西南。
⑥ 今名安齐拉纳纳。

和马鲁武艾①。

乌檀、荆棘、酒椰、愈创木……浓密的丛莽中遽然出现了甘蔗、烟草与香料树等经济作物。迈因蒂拉努与塔那那利佛②之间古老的铁路沿线，温润的空气将丁香、桂皮、胡椒与肉豆蔻的香气浸入体肤，似是在叫旅人们为之后的邂逅沐浴熏香——标致的，如斯标致的马达加斯加姑娘，无论从何种角度来说都与萨尔加里笔下毫无二致。

她们骄傲、神秘，行走的姿态近乎非现实的——我敢发誓，她们的脚与地面之间不曾发生任何触碰。

而马达加斯加的汉子们除了和蔼亲切，还是绝佳的对话者。向导告诉我，这儿的人会说法语和马达加斯加语，但由于与莫桑比克相距不远，葡萄牙语也可以在这里通行无阻。

一天晚上，在塔马塔夫③的一家酒馆里，我不由得开始担心起来，因为我还未能发现关于雅耐兹的哪怕丁点线索。为了助于思考，我一连喝尽了数杯本岛的朗姆酒，又点起了一支卷烟——在女人丰腴的大腿上卷成的那种。倏忽间，不自

---

① 均为马达加斯加西部城市。
② 马达加斯加首都。
③ 马达加斯加东部沿海一城市。

觉地，我的手指在桌边打起了鼓点，任由故事的述说者们将我带去了悠远的旧日——践踏自由的法荷黑奴贩子，马达加斯加人夜夜归去的波利尼西亚^①、满载烟草与朗姆酒的幽灵舰队，梦中的那艘无限之船——在那儿，我终于找到了雅耐兹，并从他口中得知桑德坎很健康，健康得很，已经完全康复且时刻准备着投入新的战斗，因为文字的英雄的伤总能被阅读的香膏迅速治愈。

---

① 太平洋三大岛群之一，马达加斯加人多为波利尼西亚人种。

某卢卡斯 [1]

距安第斯山脉愈来愈近，阿根廷的巴塔哥尼亚也披上了浓重的绿色，那绿色仍在添加，是活过了木材公司贪婪采伐的树林在告诉我们：不论如何，生命总是可能的，因为永远有那些或那么多的人，他们能够越过利益的鼻尖，看见更远的获得。

其中之一即是卢卡斯，或者某卢卡斯：作为对科塔萨尔的致敬，艾普延湖区的人们都如是称呼他。

一九七六年至一九七七年间，为了逃避阿根廷军人对一切思想行动不同于预设模式（据军政府称这是为了祖国需要）的异端分子所散播的恐怖，卢卡斯与一群青年男女在偏远的巴塔哥尼亚寻找藏身之处。

---

[1] 题目出自阿根廷作家胡利奥·科塔萨尔于 1978 年出版的同名小说。

他们是城里人：学生、艺术家，好些人此前还从未见过耒耜耧耢犁耙，但他们还是去了，背着书、碟、格言警句，以及在这个被野蛮和恐惧所一律化的国度里创造并实践一种替代的差异化生活模式的单纯想法。

第一个冬天就如巴塔哥尼亚的每一个冬天：冷酷、悍戾、漫长。辛苦的耕作令他们未能储备足够的木柴，也来不及将茅舍结构树干的接缝处填塞完好。凛冽的寒风四处钻窜，是冰冷的匕首将极地①的白昼削得更短。

先行者们，来自城市的年轻人，对抗着那个未曾认知也不可预见的仇敌，以他们唯一知晓的方式——集体讨论，形成解决方案。但善意的言辞并不能令风势息滞，寒冷不仁，将他们的骨头啃噬。

一天，积柴将尽，几个陌生的男人出现在潦草搭建的木房里。他们不吭一声地从骡背上卸下柴火，又慢条斯理地修缮起屋子的外壁。

卢卡斯记得当时自己说了谢谢，又问起那些男人这么做的原因。

---

① 巴塔哥尼亚的南端接近极圈。

"因为天冷了啊。不然呢？"众救星中的一位这样答道。

这就是与巴塔哥尼亚乡民的首次接触，之后又来了别人，一批跟着一批。从他们每个人身上，城市的孩子们逐渐体会到这片极度美丽却极端脆弱的地域的奥秘。

如此度过了最初的年月，艾普延湖畔的棚户已是舒适坚固，周围的土地成了丰收的菜园，一座座吊桥跨越溪流，而在乡人的教授下，他们都成了专业的森林养护员，悉心照料着自湖岸而生、随山势起伏的浩繁林木。

截至一九八五年，智利巴塔哥尼亚的森林财富已被日本木材公司攫取一空，而阿根廷巴塔哥尼亚也同样听到了新自由主义[①]逼近的脚步：万把电锯已在切割着橡树、圣栎、栗树、落叶松，无论三百多年的古树还是不足一米的灌木都被斩断了脊骨，送去粉碎机的巨齿间，铰成方便装运的木屑向日本输送。智利人为此开辟出的那片荒漠正在向阿根廷巴塔哥尼亚不断扩张。

智利与阿根廷的经济模式是独裁的大胜。在惧怕中成长起

[①] 一种经济和政治学思潮，反对国家和政府对经济的不必要干预，强调自由市场的重要性，强调开放国际市场，支持全球性的自由贸易和国际分工。

来的社会将一切源自权力的不论是武器还是资本都视作合法。艾普延湖区似乎没有什么也没有谁能与电锯不祥的喉音旗鼓相抗。但卢卡斯·恰佩，某卢卡斯，对此说不；他以森林的名义与南纬四十二度以南的住民们展开了对话。

"你干吗要去挽救那片林子呢？"有人问他。

"因为本该要救的啊。不然呢？"卢卡斯回答。

如此，迎着风势和潮汐，挑战并承受着威胁、打击、囚禁、诽谤，Lemu 计划逆流而生。Lemu，马普切①语，意为森林。

在布宜诺斯艾利斯，人们称他们为"对抗进步的狗屎嬉皮士"，而在艾普延湖区，他们却广受拥戴，因为最基本的常识告诉人们，守护土地就是在守护所有南国的住人。

每一棵树被拯救，每一棵树被种下，每一颗种子被呵护，都是为巴塔哥尼亚未曾纪年的时序存下的又一秒钟。或许明天，Lemu 计划就会成就近一千五百公里长的森林走廊；或许明天，宇航员就能见到一条长而秀美的绿色缎带缀搭在南安第

---

① 马普切人是南美洲南部主要印第安人部落之一，智利和阿根廷最大的印第安部族。

斯的近旁。

　　也或许有人会告诉他们，这一切皆因卢卡斯·恰佩——某卢卡斯而起，他就住在艾普延湖边，遥远的巴塔哥尼亚。

爱与死亡

　　早上邮递员给了我一个包裹。我打开了它。是我新小说的初版，写它的时候我想到的是我的三个儿子：十一岁的塞巴斯蒂安，以及双双八岁了的孪生兄弟马科斯与莱昂。

　　创作这本小说是对他们的示爱，是对那个让我们如此幸福的城市汉堡的示爱，是对小说主人公左巴的示爱——许多年来，我们的梦想、故事和冒险总有这只臃肿的大黑猫相伴。

　　而就在邮递员将小说初版交付予我、我终于有幸见到我的文字规整地排列在洁白的纸页上时，左巴正接受着兽医的检查。疾病摧折着它的身体，先是让它变得愁闷、萎靡、食欲不振，最后更是严重危及它的呼吸。下午我去看它，却听到了那句可怕的判决：很抱歉，这只猫已经到了肺癌晚期。

　　小说的末尾描绘了一双眼睛，它们属于一只高贵的猫、善良的猫、海港之猫，只因左巴是以上所有这些，又不仅限于此。它走进我们的生活时恰逢塞巴斯蒂安的诞生；时光荏苒，它从一只普通的家猫变成了我们的又一位伙伴——四条腿的、打起呼来极富韵律感的伙伴。

我们爱它；正因为这份爱，我不得不把孩子们召集到一起，跟他们谈谈死亡。

对他们——我活着的理由——讲述死亡。他们如此稚嫩、如此天真、如此纯净、如此崇高，生来慈悲，又满抱着冀望。我竭力翻找着最合适的词去试图解释那两个可骇的事实。

其一，我们的左巴，将因一条非经我们的手所造却叫所有人必须遵行（即便抵上我们的骄傲）的律法而走向死亡，如每一个人，如世间万物。其二，为了避免它死得煎熬、死得折磨，必须由我们来完成这项任务，因为爱不仅在于为所爱的谋求幸福，亦在于维护其尊严，使其免受痛苦。

我知道孩子们的泪水将会伴我终生。面对他们的无助，我自觉渺小悭吝。我太懦弱，无法共担他们理所当然的愤怒、他们的拒绝、他们对生命的讴歌、他们以神灵——因为且只因为他们，我愿做它的信徒——之名立下的诅咒、他们在人类最好的阶段以最完全的纯真发出的诚挚祈愿。

道德是人类的天性，还是源自发明创造？屋顶的开拓者、花园的探险家、栗树的攀爬者、老鼠的噩梦、庭院月光下的好事之徒、我们谈话与梦境的常客……我要如何跟他们解释，我们有责任捍卫它的庄严与完整？

我要如何跟他们解释，有些疾病需要健康人的温暖与陪伴，而另一些则只是痛苦，狰狞残暴的痛苦，其中病人唯一的生命体征即是但求一死的强烈意愿？

我要如何回答那句严苛的"为什么是它"呢？是啊。为什么是它呢？黑森林中的每次散步，总有它陪在我们身边。看那猫疯的！人们嘀咕着，瞧着它绕着我们跑前跑后，一会儿又跳上了某辆自行车。为什么是它呢？我们的海猫乘着轻快船随我们在卡特加特①自由航行。我们一开车门，它必定是率先上车的那个，旅行总能让它快乐。为什么是它呢？若我无法给出一个答案，我活过的这些年又是否值得？

围聚在左巴身旁，我们谈着。它闭目静听，如往常一样信任着我们。被抽泣声切断的每一个词跌落在它的黑色皮毛上。抚摸着它，向它确认着我们与它同在，我们告诉它，是爱——将我们连结在一起的爱——让我们做了此生最痛的决断。

---

① 北海中隔开丹麦与瑞典的海峡。

我的孩子们、我的小伙伴、我的小大人、我的温柔的坚强的小大人，低声应允。左巴将接受注射，而后久久睡去，去梦见无雪的世界里和善的犬，宽广的屋顶上日光倾泻，无边的树林有无边的绿叶。而它将从其中某棵的树冠上探出头来，是为了提醒我们，它从未将我们忘怀。

写下这段话的时候已是深夜。几乎无法呼吸的左巴躺在我脚边，它的毛发在灯光下泛着柔光。我抚弄着它，怀着爱莫能助的悲哀。它见证了那么多奋笔疾书的夜晚，那么多的书页。它为我分担着那份空虚与孤独——它们总在小说画上句点时携手袭来。我向它诵读过我将在某天写下的诗句，就诸多困惑征询过它的意见。

左巴。明天，我们将失去一位伟大的伙伴。因为爱。

后记：左巴安歇于巴伐利亚①的一棵栗树下。我的儿子们为它树了一块木碑，上头写着："左巴。汉堡一九八四——威尔斯海姆②一九九六。过路人呐，这里躺着猫中的至尊贵者。请听它的鼾声。"

---

① 德国面积最大的联邦州，首府为慕尼黑。
② 巴伐利亚的一座城市。

斯大林格勒^①的白色玫瑰

我从来不知道莫斯科算不算一座美丽的城市，因为城市之美只投映在市民们的眼里，而莫斯科人总是直直地盯着地面，像是在苦寻着一块遗落的土地。

没有比那些老人更为凄凉的了，他们缩着头，目光粘着在脚下的沥青上。他们什么也不期待，除非哪个慈爱的灵魂买下铺排在他们面前的手绢、毛巾、毯子或是残破嫁妆上的千种小物之一。他们中许多人的领口都挂着勋章，我在翻译的协助下分辨起这个默然崩塌的国度的肖像的遗骸：那个顶着猖獗的燥热也不愿脱下厚呢外套的老头，是位劳动英雄^②；这个不时地把

---

① 俄罗斯南部伏尔加格勒州的首府，原名察里津，1925年改称斯大林格勒，1961年改为伏尔加格勒。

② "社会主义劳动英雄"称号，由苏联最高苏维埃主席团在1938年设立，表彰对苏联工业、农业、交通、贸易、科学和技术发展做出贡献，并能展示苏联的威武和光荣的苏联公民。

用报纸包裹着的酒瓶拎到嘴边的男人，当过苏联英雄①。两位老人在质料可疑的瓷杯汤勺以及我不明标题的若干书本间贩售着共产主义惯常的那些物品。

我们走向一位老妇，并不知为什么，或许是被那张黑白照片上微笑着的女孩的美所吸引。她察觉到我们的视线，用布满青筋与斑驳的农夫般粗粝的手将镶嵌在木框中的相片奉送到我们面前。

那是个俊秀的姑娘。她站在机翼下，穿着猎装，束着军用腰带。于照片中刹住的风正吹拂着她的领巾，逗弄着她许是金色的长发。

在她身边还立着另一个女孩，身上的工装被撑得微微胀满。相片下方有我无法辨认的数个签名以及褪色了的镰锤图案。我的翻译与那位老妪交谈了几句，只见后者用颤抖的手指向了照片中那个胖胖的姑娘，同时腼腆地笑了起来。

两人还在说着，我一个字都听不懂，我猜她们是在砍价，直到我看见柳德米拉把身上所有的钱都给了她，而后咬着嘴唇

---

① "苏联英雄"称号，由苏联中央执行委员会于1934年设立，表彰为国家里下英雄壮举的个人和集体。

向我缓慢走来。

在她的公寓里，我们喝着热茶，柳德米拉打开了一本关于
"二战"的书，对我讲起了那张照片的故事。

飞机旁的俊俏姑娘名叫莉莉娅·弗拉基米罗夫娜·利特
维亚克，是名战斗机驾驶员。她生在一九二一年八月的莫斯
科，二十岁时便在斯大林格勒的天空接受了火的洗礼，她与另
外五名苏联红军第二百八十六师的女飞行员组成了名为"斯大
林格勒白玫瑰"的飞行中队，驾驶着迅猛的雅克-1[①]型战斗机
搏击长空，在很短的时间内即成为德国空军[②]的梦魇。红星上
的白玫瑰是莉莉娅的战机独有的徽记，作为队伍的首领，她于
一九四二年九月至一九四三年八月间击落了纳粹敌人的十二架
战机，当她起飞拉升准备去完成她的第一百六十八次任务时，
我们的莉莉娅·弗拉基米罗夫娜·利特维亚克中尉年仅二十二
岁。她再也没有回来。

那个身穿技工制服的敦实姑娘名为依娜·帕斯波特妮科
娃。大战中，她负责维护斯大林格勒白玫瑰的雅克战机。她是

[①] 由亚历山大·雅克列夫设计的雅克系列战斗机的第一种型号，苏
联在临近战争爆发时投产的一系列战斗机中最成功的一种。

[②] 原文为 Luftwaffe，即德国国防军空军。

那群勇敢的女性中唯一还存活在这个世上的人，是的，存活，因为这位老妈妈也作出了她的牺牲，她将最美好的青春献给了与黑色巨兽①的斗争，而现在，她仅靠不足五百比塞塔（不到四美元）的养老金艰难生存，被迫在莫斯科街头贩卖着她的回忆。

　　疾速行驶的汽车穿梭在莫斯科的街道上。暗色的玻璃隔绝了路上的行人。优雅的绅士在保镖的簇拥下走出银行。季米特里饭店三百美元的总裁套餐包含香槟。依娜·帕斯波特妮科娃直直地盯着大地。

　　我愿相信她依然有梦，唯一的梦：见到她的同志莉莉娅·弗拉基米罗夫娜中尉的雅克战机顺利着陆，将它调试停当，即刻登机，去完成斯大林格勒白玫瑰的最后一次任务。

---

① 指纳粹。

"六八"

　　一九六八年的三十年后，人们会谈起五月风暴①，以及巴黎学生的英勇。我们将听到当时在场的或者希望在场的或者自认为在拉丁区的街垒中战斗过的人们的滔滔不绝。而我将讲述的这个"六八"一代没有到过巴黎，却去过其他许多的地方。

　　我是在一九六七年于阿根廷科尔多瓦②举行的一次南锥体③青年集会上认识他的。一支从捷克斯洛伐克远道而来的摇滚乐队让当时不满二十岁的我们全都看傻了眼。乐队的名字叫作"疯狂男孩"④，那个兼任主音吉他手与主唱的年轻人竭力用

---

①　1968 年 5 月至 6 月在法国爆发的一场学生罢课、工人罢工的群众运动。

②　阿根廷第二大城市，科尔多瓦省首府。

③　指南美洲位于南回归线以南的地区，一般包括阿根廷、智利和乌拉圭三国。

④　原文为英语。

蹩脚的西班牙语向我们解释着他之后将用塞弗尔特①的语言吼出的歌词。

那天下午，在科尔多瓦足球场里，米基·沃莱克②跟我们谈起了一位名为扬·帕拉赫③的捷克青年诗人，他当场朗诵了后者的一首诗——他已为它谱好了曲子。那首诗是这样写的：我敢因为／你敢因为／他敢因为／我们敢因为／你们敢因为／他们不敢。

那时的摇滚人也如今日的摇滚人一样死忠于自己的偶像。皮特·西格、卢·里德、比尔·哈利④……要想挤进这样一份名单可绝非易事。但米基·沃莱克和他的"疯狂男孩"为曾经流淌且还继续流淌在我们血脉中的这种音乐提供了新的维度。我们丝毫不懂捷克语，但我们知道，那些歌曲就像我们：饥饿、欢纵、无法无天。

一年之后，苏联入侵捷克斯洛伐克，以血与火宣告着布拉

---

① 塞弗尔特（1901—1986），全名为雅罗斯拉夫·塞弗尔特，捷克斯洛伐克最重要的当代诗人。

② 米基·沃莱克（1943—1996），捷克斯洛伐克摇滚乐手，曾是"疯狂男孩"乐队以及"奥林匹克"乐队成员。

③ 扬·帕拉赫（1948—1969），捷克学生诗人，为抗议苏联在1968年入侵捷克斯洛伐克，于1969年1月16日在瓦茨拉夫广场自焚。

④ 三人均为美国著名摇滚乐手。

格之春 ① 的终结。扬·帕拉赫如他的诗句描述的那般勇敢到了最后一刻，以年轻的生命抵挡着侵略者的坦克。同样无畏的米基·沃莱克也被投入了监狱，六个月后被赐予可疑的自由，为此他必须放弃乐手的职业，放弃他作为摇滚人的信仰。

一九六九年至一九七一年间，米基·沃莱克在布拉格的一块墓地里修剪着花草。"我想我很孤单，我所拥有的不过是些死人，但我对着他们歌唱，尽管不知道他们是否喜欢我的曲目。"米基在《七七宪章》② 发起人的秘密会议上如是说。但他并不孤独。

一九七一年末，在"蓝耀""红宝石"和"里约布兰科联合起来"等摇滚团体的推动下，米基·沃莱克得以参加了在智利举行的瓦尔帕莱索摇滚音乐节。他没带吉他——捷克独裁政府收走了它——但他满载着歌，饥饿、欢纵、无法无天的歌。

用借来的吉他伴奏着，他唱起了一组旋律，我们当即决定将它加入我们的保留曲目。这段叙事讲述的是通往自由的第

---

① 1968年捷克斯洛伐克共产党中央第一书记杜布切克发起的政治体制改革，被苏联看作是试图脱离其控制的改革。
② 1977年1月，241位捷克斯洛伐克知识分子及其他阶层人士签署并发布了要求保护基本人权的宣言，即通称的《七七宪章》。

三条路：远离私利、远离平庸、远离——比远离更远离——权谋。

在演唱会的末尾，几双匿名的手将一个从蒙得维的亚寄来的包裹传递到了舞台上。米基就地打开了它。是一把电吉他，"芬达"① 的 La Guitarra，上面还吊着一张小纸片："为你的弹奏永不休止。——图帕克·阿马鲁民族解放运动② 司令部。"

这把"芬达"相伴米基·沃莱克走过余生。在后者始终不渝的果敢尝试里，它是他最值得信赖的同伴。米基·沃莱克多次入狱，经历过拷打，遭受过凌辱，却从未停止歌唱。

我最后一次见他是在柏林，就在边墙被推倒的那个难忘的夜。我们谈起旧日的摇滚人，他告诉我"疯狂男孩"都已成了小老头，而他自己，尽管有三两宿疾缠身，依然是我在科尔多瓦初识他时的那个贪玩小伙。我们在地铁站里将离别的啤酒饮尽，我目送他离去，浑然一个常胜不败的摇滚乐手。

米基·沃莱克卒于一九九六年八月十五日，同一天过世的

---

① 美国著名吉他品牌，下文 La Guitarra 为其电吉他系列之一。
② 也被译为图帕马罗城市游击队，以率印加余民与西班牙征服者对抗的末代印加王图帕克·阿马鲁的名字命名，是受古巴革命影响而兴起的乌拉圭左翼武装组织。

还有塞尔吉乌·切利比达克①，所以谁都没来关注这位捷克摇滚明星的死，也无人为他立传诵功。

得知这一消息后，我拜托儿子卡洛斯（瑞典摇滚乐团Psycore 的吉他手，同样弹着一把"芬达"）帮我在世界摇滚人的部落里搜寻"疯狂男孩"的下落。就这样，我找到了乐队的贝斯手吉利·班德。从他那儿得知，米基去世的时候孑然一身，形影相吊、穷困潦倒。五十三岁的时候，他的肾出了问题，却无力支付医疗费用。他住在布拉格市郊，是那栋已被宣告拆除的危楼里唯一的住人。他一无所有。真的一无所有吗？不。他还有图帕克·阿马鲁送他的那把吉他，他抱着它走完了人生最后的旅途。

米基·沃莱克，"六八"一代我心目中的英雄。我确信，辞世前的他依旧无惧地用那把"芬达"奏出了两个音符。饥饿、欢纵、无法无天的两个音符。因为像米基这样高尚的乐手走了，却从未死去。

---

① 塞尔吉乌·切利比达克 (1912—1996)，罗马尼亚著名指挥家，曾担任慕尼黑爱乐乐团艺术总监，带领它成为世界一流的交响乐团。

海明威老爹^①有天使到访

何塞利托·莫拉莱斯生得墨黑如夜，这个点他准是推着那满满一纸箱的牛油果——那小车都快给压散架了——散步在哈瓦那的街头呢。他与牛油果组成了古怪的黑绿配，在加勒比瞬息万变的色彩中剪出一道瑰异的风景线。

"您可知道，高贵的拳击手都会上天堂？"一天下午，我们坐在防波堤上，他突然问我。

"什么天堂？"我反问道。

"不是神父的天堂，而是另外一个，那里头全是靓妹，你想请谁跳舞，从来不会遭到拒绝。那个天堂里，朗姆酒要多少有多少，还都不要钱。海明威老爹就在那儿迎接着所有高尚的人。"

---

① "老爹"，即美国作家欧内斯特·米勒尔·海明威（1899—1961）的别名"Papa"，也被译为"爸爸""老爷子"等。

我喜欢何塞利托的主意，我信他的天堂。

如今，欧内斯特·海明威逝世三十五周年将近，他的孙女玛戈①决意走上了找寻祖父的道路。我愿相信，不论那个天堂地处何方，定会有一场满溢着朗姆酒与加勒比海岛音乐的欢聚。

自打我还是个孩子时，海明威老爹就一直陪伴着我。在我写字垫着的那块面包砧板前放有一张他的照片，照片中的他穿着粗针羊毛套头衫，岁月在他脸上刻下的纷繁印记历历可见。

我写"印记"而非"疤痕"，因为疤痕是对痛苦的纪念，而海明威的印记像是在招呼着我：看呐，伙计，文学就从这里诞生。我所有经历过的，它们就是那凭证。

许多次我跟随着他的脚步：西班牙、意大利、古巴；我总能寻找到他的痕迹，加固着我对他的亲昵。我追随着他，不是在奔牛节的西班牙②，而是在共和国的垮塌③，因为在这个时空

---

① 一名成功的模特，于1996年7月1日、即其祖父自杀三十五周年的前一天被发现死在她加利福尼亚州圣莫尼卡的公寓，验尸结论为"急性苯巴比妥中毒"，属自杀。

② 海明威在《太阳照常升起》《死在午后》《节日》等作品中均写到斗牛。

③ 1939年3月28日，军人佛朗哥领导的法西斯军队攻占马德里，西班牙共和国覆灭。海明威作品《丧钟为谁而鸣》即以美国人参加这场战争为题材。

里，他将存在的至美成功救下。

我一个曾在国际纵队[①]战斗过的叔叔是这么描述他的："他知道共和国大业已告失败，但他还是留下了，不是为了给我们灌输勇气——他有的是勇气——而是为了提醒我们，我们是有尊严的人，而战争并不会在特鲁埃尔[②]或萨拉戈萨[③]终结——它翻越比利牛斯山[④]，延续在乌拉尔山[⑤]的另外那边。他留下来是为了告诉我们，尊严应是我们整个星球的理想和事业。"

一天清晨，在威尼斯，我早早地坐上了前往机场的船班。时值冬日，晨光用不确切、几乎不真实的色彩将城市点染。运河之水清明如镜，似在为船只割开的伤口呐喊。蓦然，于犹在沉睡的威尼斯的倒影中，我见到了那个反刍着黎明之寂的老人的侧影。如何持守对一位比他年轻太多的女性的爱？这是接受其不可能性的唯一方式，并非出于失败主义者的成见或是道德的诘难，而是为她爱的能力得以保全。

---

① 指 1936 年至 1939 年西班牙内战期间，许多国家的工人、农民为支援西班牙人民反对佛朗哥反动军队和德、意法西斯武装干涉所组成的志愿军。
② 西班牙东部下阿拉贡地区的城市，西班牙内战主战场之一。
③ 阿拉贡首府，西班牙内战重要战场。
④ 位于欧洲西南部，是西班牙与法国的天然国界。
⑤ 欧亚两洲的分界线。

租船上的我忆绎着《过河入林》①的情节。我望见海明威老爹与年迈的主人公一同去了另一片池塘，继续着他们对野鸭的狩猎——如此充满智慧的爱情小说那如此令人惊讶的铺垫。

而在加勒比，我在所有那些拥有"不肯认输的湛蓝眼睛"②的渔民身上找到了他。那抹蓝，不是缘自盎格鲁-撒克逊③的血，而是被海水和忧郁深深浸染。

我每日问候着他，而海明威老爹以教诲答谢。他跟我说，写作是门手艺。我向他问好，告诉他，他的忠告即是我的律令："每当你知道故事如何继续的时候，即刻停笔。要记得，你可以用二十美元的词汇写一篇出色的小说，但用二十美分的词汇将更值得称赞。少一道斑纹不会改变老虎的皮毛，多一个单词却会杀死任何一个故事。悲伤只在酒吧消解，永非文学。"

几次我想象着海明威老爹自杀时的场景。我猜度着，

---

① 海明威于1949年去意大利旅行和打猎回国之后所写的长篇小说。书中描写参加过两次世界大战的主人公坎特威尔上校在战后去意大利福萨尔塔重访当年作战负伤的地点以及去威尼斯与朋友一起打野鸭的经历，并着重描写了他与意大利姑娘蕾纳塔之间毫无功利目的的纯真爱情。主人公身上带着作者本人的影子。

② 语出海明威作品《老人与海》："它们像海水一般蓝，显得喜洋洋而不服输。"——摘自上海译文出版社吴劳译本。

③ 两者均为古代日耳曼人的部落分支。

一九六一年的那个早上，他看着镜中的自己，问道："那现在呢，该怎么办？"

外头是爱达荷的群山 ①，还有树林、牧场、飞鸟和他的猫（前一天晚上其中一只还把保罗·拉法格 ② 的书挠烂了）——概述着这位巨人如今生活的一切。那现在呢，该怎么办？

软弱威胁着要结果男人，男人以结果软弱的决断拉上枪栓。

三十五年之后，他的孙女与他相会在何塞利托·莫拉莱斯于哈瓦那向我描绘的那个天堂。不是神父的天堂，而是另外一个；在那里，生命是一场盛宴 ③。

---

① 美国西北部的一个州，境内山峦起伏、森林茂密。
② 保罗·拉法格（1842—1911），法国工人党创始人之一、马克思主义革命家、记者、文学评论家、政治活动家。
③ 原词为 Fiesta，《太阳照常升起》的英国版标题。

胡安帕

我认得许多因持之以恒的道德操守与对他人权利的无私捍卫而卓尔不群的人，但极少有谁能像我的朋友胡安帕这样始终如一。每当我问起他逆流而上的生活会不会令他厌烦时，他总回答我说这才是他理解中的新闻工作。

灭绝人性的十五年里，胡安帕率他的《分析》杂志担当着民主斗争的第一个街垒，对抗着以国际战犯皮诺切特 [①] 为首的独裁主义。《分析》同时也是座温情的纸堡，荫蔽着被践踏的人权，守护着关于智利的回忆。

并非所有报亭都敢于挂卖它；在公共场合阅读它称得上"危

[①] 1998 年 10 月，西班牙司法当局就皮诺切特在执政期间侵犯西班牙和智利公民人权的行为进行调查，并向英国提出引渡，于英国接受治疗的皮诺切特随即在伦敦被捕。他的律师以前国家元首应享有免于刑事起诉的豁免权为理由向法院申请释放，1999 年 3 月 24 日，英国上议院法庭裁定皮诺切特败诉。

险行为";持有少数几本《分析》即可因"收集反动刊物罪"被依法控告。即便如此，胡安帕的杂志与社论也是唯一的光，起初是双周一次，后来变成每周一回，独力挑战着独裁者的暗影。

那是艰难的岁月，确实如此，而在胡安帕身边汇聚了一批记者与合伙人，他们勤勉工作，几乎分文不取。有过惧怕，当然会有，因为恐怖的爪牙无所不在，但真理以及对真理的确信推动着他们继续前行。然而，为了撑持起这智利媒体中独一的言论自由，他们付出了代价——高昂的代价。

何塞·卡拉斯科·塔皮亚——我们爱他的人都叫他佩坡内[1]——《分析》杂志的国际编辑。一九八五年的一个晚上，他于阴森的宵禁中被拖出家门，当时他刚刚上床准备歇息。同事西尔维娅想要给他带双棉鞋，却被皮诺切特的使者冷言拒绝："我们带他去的地方不需要这个。"第二天，人们发现了佩坡内的尸体——被子弹射得千疮百孔，载着无可辩驳的拷打的痕迹。无论其经济模式多么成功[2]，这是智利史册上永远无法抹

---

[1] "何塞"的昵称"佩佩"的变体。

[2] 1973年皮诺切特上台前，智利经济陷入困境，失业率达历史最高点。皮诺切特上台后，强行推动经济改革，施行自由经济政策，很快扭转了困难局面。在他执政的十七年间，智利经济取得了飞速发展，尤其从1984年以后，智利经济实现每年5%至7%的高速增长，被国际经济学家称为"智利奇迹"。

除的印记。

胡安帕恒在独裁者的准星之下，但皮诺切特与他两位国务顾问奥诺弗雷·哈尔帕以及海梅·古兹曼的政治嗅觉告诉他们，无论暗杀他或是令他失踪，都会在国际范围内给他们带来极大的麻烦。

世界报业协会自由新闻金笔奖[①]、西班牙《国家报》奥特加·伊·加塞特奖[②]……要想让这样一位获得过诸多国际奖项的记者从世上消失谈何容易。有了这样的基本考量，军装下的野兽决定将胡安帕列为自己的私有监犯——属于他个人的阶下囚徒。

胡安帕七次入狱，却从未停止写作。友人会负责将他手书的社论带出地牢，下周一它就会出现在杂志的版面上。外国官员常会前来拜访，派驻通讯员会在囚牢前监督其状况，《分析》依旧每周在报亭亮相。

---

① 创立于 1961 年，每年颁发一次，旨在表彰"以文字或行动的方式捍卫和促进新闻自由的个人、团体或机构"的杰出贡献。奖项的其中一个目标是"把公众关注的焦点转到专制政府打压记者上"，并向受到一定程度迫害的记者提供保护。
② 以 20 世纪西班牙最伟大的思想家之一奥特加·伊·加塞特（1883—1955）命名的奖项。

在一次炫示慷慨中，野兽皮诺切特特准胡安帕白天出监，夜晚回牢。这一切不用经过任何审判，只需那恐惧之主拍拍脑袋。

春去秋来，胡安帕的气节坚似磐石，如同他的义理和他的笔，这自然叫夸口每天阅读十五分钟的陆军司令寝食难安，于是后者下令启动新的威吓手段：放火焚烧这位记者的住宅。

一烧就是两回。在胡安帕为数不多的自由的日子里，我帮忙整理着他半成焦炭的书刊。它们仍氤氲潮气——那是救火的水，幸亏有邻居及时赶来。在圣地亚哥南边他圣维森特[①]的宅子里安放着那些被火舌舔舐过的书籍，那是世间最美的珍藏，每册书的标题都焦黑难辨。我们这些朋友都将此处称作"托尔克马达[②]大图书馆"。

一九八九年，被广大人民所休弃的独裁政权土崩瓦解，继而来临的是一种诡异的民主，有独裁者的阴影弥留其间，秘密协议与非法监视即是其现实表现。在某个权力机构的厅堂里，

---

① 智利一港口。

② 托尔克马达（1420—1498），西班牙第一位宗教裁判所大法官，被认为是"中世纪最残暴的教会屠夫"，在1483年至1498年间共判决烧死了10220名"异端"，另有6860名在逃或已死者被缺席判处火刑（焚烧塑像）。

新民主党人 ① 与伪装的独裁者一致判定了《分析》的终结，胡安帕筑造的民主堡垒终告沦陷。

不久前我在墨西哥与他见了面，我们回忆起这些以及其他许许多多的反独裁故事。他还是老样子，坚强、勇敢、不知退缩，坚称这世上还有太多事情等着我们去做。

随时随地甘愿奉陪，只要你一句话，胡安帕——胡安·帕勃洛·卡尔德纳斯，新闻业的中流砥柱，我的灵魂之友。

---

① 接替皮诺切特政权执政的是帕特里西奥·艾尔文·阿索卡尔的智利基督教民主党。

罗塞丽娅，世上最美的女郎

两年前的这个时候，在皮埃蒙特[①]正午的艳阳下，饥饿将我急急拽向了阿斯蒂[②]市场中那个古旧的餐馆。它有一个实在朴素的名字：市场餐厅。

我打开门走了进去，里边给我的感觉就跟我在不同国家曾经造访过的那么多平民饭馆一样。这儿的菜式准保比那些提供不止一把餐叉的酒店要强，因为你的眼睛和耳朵无不是在享用着盛宴，而别桌的食客们总会为你添上佳肴。

马上就有个矮小、爱笑、闪着一对机灵眸子的女人迎了上来，将我领到了一张靠窗的餐桌旁——窗外就是市场。她极力推荐我尝尝他们的红酒——阿斯蒂第一的葡萄酒，她补充

---

① 意大利西北的一个大区。
② 意大利西北部的小镇，著名葡萄酒及起泡酒产区。

136

道——说完她便面带微笑，瞧着我把杯里的那些酒两口喝光。

"喜欢吗？"她指着空空的酒杯征询我的意见。

我回答说："嗯，很棒，口感甘爽，还带着清新的果香。"而后我向她索要菜单，想看看他们这儿都有什么好吃的。

"我叫罗塞丽娅，在这儿干了四十年了，接待过司机、小贩、生意人、玩杂耍的，还从来没有谁对我的安排有过任何意见。"她说。

"行吧。"我答道，于是桌布的红白格子被皮埃蒙特的新鲜蔬菜逐渐占满，然后是罗塞丽娅的骄傲——绝赞的意大利面。罗勒的香气令我倾心，而那一天，我空前爱上了地中海餐桌的那抹亮蓝。我在那座城市又待了一个礼拜，每个中午和每个晚上，市场餐厅里总有一张桌子被我霸占。

一周前我再次来到阿斯蒂，做的第一件事就是去餐厅问候罗塞丽娅。那里一点没变，相同的餐桌，相同的桌布，相同的香味，却有一种奇怪的气氛弥漫在食客们中间：遗憾混杂着愤怒，怀念掺进了无助。

品尝着新近采摘的葡萄酿成的美酒，我被告知死刑的宣判已经压在了餐厅头上，政府——右派的政府——已决定推倒这栋房屋，理由是它够不上条件被列入历史保护建筑，在这个拥有诸多千年宅邸的城市里，它的一百五十年生命根本算不上什么，一栋现代的楼宇将会接替它站在这里。

市场餐厅算不上漂亮，但足够美丽，尤其是在仲夏的傍晚，当罗塞丽娅将椅子拖到街缘或是分摆在一座古代马厩的拱门之下。我们用起晚餐，借着点点烛光，吃着，唱着，旁边的园子里就飘来了果蔬和夹竹桃的芳香。总会有哪个好事的弹起吉他，第二首歌时餐厅已成了家庭聚会的会场。而现代性对此不屑一顾。

今年的六月十八日，市场餐厅奉上了它最后的晚餐。罗塞丽娅穿上了节日的盛装，请所有宾客一起为鲜蔬和起泡酒画上一个体面的句号。她准备了十几斤她最得意的意大利面，几大锅美味的茄子烤肉，好多盘难忘的松露蛋糕。

我们吃，我们唱，我们笑。我们喝到天亮，直到卖早点的来了，送报纸的来了，早起的鸟儿也加入了我们。

每隔一段时间，一位操着天鹅绒般拿波里口音的女士就会为那首歌起调，而后所有人将齐声高唱起它的副歌，"罗塞丽娅，世上最美的女郎"，是为了驱逐宿命的邪魔，是为了让失败显得不那么令人感伤。

如今的我晓得，我再也没法去罗塞丽娅那儿用餐了。而市场餐厅也已加入我失去之物的长长列表。

阿斯图里亚斯 [①]

我讨厌谈论自己，因为我从未想过要成为什么人物，可是活见鬼了，我猜想，对于一个作家来说，直面生活是他的宿命。

一九七七年的一天，我决定离开巴黎——噢！巴黎！——去这个世界上唯一让我感觉安全的地方定居。阿斯图里亚斯，做出这个选择并非难事。

在西班牙北部这个面朝坎塔布连海的大区里，我们这些声称有权活在边缘的边缘人受到了欢迎。没有比阿斯图里亚斯更为边缘的了，也没有比阿斯图里亚斯遭苦更深的了。要想明白

[①] 西班牙北部的一个自治区，采煤业、钢铁业和渔业是该地区主要经济支柱，在佛朗哥独裁时期该地区钢铁业曾是全球最强之一，近年由于东欧的竞争、高昂的制造成本以及全球钢铁需求的减少，钢铁业逐渐式微。

这一点，只需在矿难的警报响起时身处希洪、朗格里奥、阿维莱斯或是米埃莱斯①——在全世界高举社会福利大旗的年代，在新时期的国际秩序下，矿坑仍在吞吃着人的生命，届时，阿斯图里亚斯沉静的山谷也会因大地的鬼脸而悚然战栗。但阿斯图里亚斯人——我从他们身上学到了那么多——坚强而温柔，愤怒而平和，永远将意志与抵抗这两种极为可贵的身份符号置于斥责与吵嚷之前。

近些日子，边缘如我竟被授予了法兰西文学艺术骑士勋章，而阿斯图里亚斯也充分向我展示着它的可亲。稍晚些的时候，在巴黎，我又一次被问到了那个熟悉的问题：你为什么要住到那儿去，而不是这儿，或是巴塞罗那、马德里、罗马、斯特拉斯堡？

为了回答这个问题，我记起了阿斯图里亚斯人教给我的关于博爱既简单又复杂的定义："不是别人的人，就是我们的人。"谁是我们的人？倒霉蛋们，还未被问及是否愿意失败就已经失败了的人，以及那些拿出了自己最宝贵的东西，却不求任何回报与承认的人。

——————————

① 均为阿斯图里亚斯大区的城市，以矿业闻名。

一九六六年，智利洛塔^①的煤矿工人掀起了一场前后长达十一个月的大罢工，是阿斯图里亚斯矿工的支持促成了这项近乎不可能的壮举；在佛朗哥主义最兴盛的日子里，后者仍旧找到了向远隔重洋的同仁们施以援助的方法。而就在两年前，从阿斯图里亚斯出发的载有人道主义援救物资的卡车率先抵达莫斯塔尔^②与萨拉热窝，以实际行动驳斥着"一个奴颜媚骨、麻木不仁的欧洲"的惯见论调。

西班牙加入欧共体让阿斯图里亚斯人付出了惨重的代价：工业改造、大批下岗、对前景的不确定，但他们所持的那种自信——信奉成功主义的官僚们所永远无法理解的自信——使他们得以用创造的眼光坦然看待惨淡，因为一个团结的社会在任何情况下都不可能皈依利己主义。

岩石角^③的冷寂只是工人协会的热络气氛的一个托辞。虚伪至极！现代性的先知们一定会发表如是的评论。但在阿斯图里亚斯，风俗传统与普世文化携手并进，进步的思想从不会将任何人视作理所当然的牺牲品。

---

① 智利中部城市。
② 波黑南部城市。
③ 阿斯图里亚斯的海角。

你可以轻而易举地抵达这里，只需跳上斟酒师以苹果酿①绘成的金色拱梯。自此而起的世界是对生命的倡议：生活且不干涉他人的生活，不将受害者视为罪人，叫权贵政治炸得支离破碎，相信未来———一个能让所有人在其中欢歌、畅饮、阅读、工作、思考的未来，每个人都将是它的主人。

我去过许多国家。三年前，我开始了在阿斯图里亚斯的生活，开始构思我的小说，开始将那么多活在边缘的人加入到一个或许永远无法写成的故事中去。但这又有什么要紧呢？既然我已从阿斯图里亚斯人那儿学到，生活是由微小的成功与巨大的失败构成的无尽的合集。

幸福并不难，阿斯图里亚斯人说。他们的边缘性荣耀教人记起一九三四年的抗争②。抑或边缘性的悲壮，当人想起佛朗哥与卡门女士③扫荡着失败者营帐时的场景。而我，同他们一样，我知道一个人是幸福的，当"耳边传来了风笛，还有苹果酒在酒窖里"。

---

① 即苹果酒，与下文的西班牙风笛均为阿斯图里亚斯地区传统物产。
② 阿斯图里亚斯地区曾于1934年掀起反法西斯起义，被佛朗哥镇压。
③ 佛朗哥的妻子。

无名先生

　　一九三七年的某个夜晚，几只手掌重重地拍打起伍珀塔尔^①一栋山间小屋的屋门。妇人中断了对马科斯与莫里茨^②的恶作剧的朗读。自那一刻起，听故事的男孩陷入了长达三十年的深深沉默。

　　他叫弗里茨^③·尼曼特，西班牙语可译作费德里科·无名。他最后一次见到父母和邻居们是在盖世太保^④的地下室里，尽管时年只有七岁，他还是接受了惯例的对待——殴打与折磨。他们欲让他供出家中可能的访客的名字，可是小费德里科·无名一句话也说不出，他的舌头已被恐惧所石化，变为一片僵死

---

① 德国北莱茵-威斯特法伦州的一座山城。

② 德国最经典的儿童漫画之一，描述了两个喜欢恶作剧的人。

③ 弗雷德里希的昵称。

④ 德语"国家秘密警察"的缩写"Gestapo"的音译，被纳粹用来实现对德国及被占领国家的控制。

的息肉。

纳粹将他视作废人，于是把他送进了精神病院，以期他的身体能够为第三帝国的科技发展服务。换句话说，他成了试验用的豚鼠。

在十岁的年纪，费德里科·无名完全失去了他的头发，作为他被迫参与的化学实验的附带结果。而后是所有的牙齿。当一九四五年盟军在解救了集中营里仅存的幸存者后终于有工夫顾及生活在疯人院里的囚徒，他们发现了死亡线上的他，营养不良，双目失明，被剔去了命根。

费德里科·无名无法在纽伦堡作证，他的舌头仍旧处于瘫痪状态，他成了去纳粹化[①]进程的无声的见证人。这是任何一名学者都不知该如何解释的一次意识形态的更替，神不知鬼不觉地，最忠信的纳粹分子也被改造成了模范的民主党人[②]。

可是生命，即便是最颠沛流离的生命，也会有魔法的圣光照进。感谢一位美国护士的爱与恒心，费德里科·无名重新发声。他用新声呼唤正义。他的呐喊无人聆听。

---

① 亦称"非纳粹化"，盟军在"二战"胜利后于1945年开展的一项运动，意在清除纳粹党骨干及其组织，大批前纳粹党人被拘捕。
② 指在"二战"后在德国掌权的基督教民主联盟。

一九六七年，他从口音辨认出了当年对他施行阉割的医生之一；后者已是海德堡大学的一名教授。他证实了他的纳粹履历，提供了他参与非人实验的无可否认的证据，但作为一个盲人，费德里科·无名无权提出指控。

　　我是一九八六年认识他的，是一群可敬的德国反法西斯主义者——无比团结的自由意志者①结社的成员们——将这个奇怪的瞎子介绍给了我；当时他正走遍德国，寻找着罪人的声音、刽子手的语调、暗杀者的呼吸。我最后一次见到他是在一九九〇年，在德国北部的穆恩，在被新纳粹杀害的土耳其妇孺和男人们的葬礼上。我问他最近如何，感觉怎么样，他跟我说他很害怕，因为杀人凶手的声音在成倍增加。

　　弗里茨·尼曼特，费德里科·无名，他说得对，且时至今日依旧如此，因为在当今德国，极右势力在警察的纵容下占领了前东德的大街小巷，再次嚎出了那个时代的可骇标语。

　　他说得对，因为如今这个立于欧洲建构顶端的国度已经为渗入军队的纳粹分子的傲慢以及权力机构对极端种族主义言论

——————————————

① 原文使用的单词为法语 libertaire，该词最初的启用目的是规避法国对无政府主义刊物的禁止。

的公开支持而发出震颤。他说得对，因为在当下的巴伐利亚（这里的居民已无一知晓达豪集中营①的存在），一个以编辑纳粹垃圾（所谓的禁止只是形式）为业的暴徒摇身一变成了政治领袖，进而在选举的舞台上重复着那番将希特勒托上权位，也将德国推向灾难的煽乱之辞。他说得对，因为在奥地利的卡林西亚②，变装为自由党人的新纳粹分子已磨利爪牙，蓄势待发。全欧洲五千名新纳粹主义者汇聚柏林，费德里科·无名又一次清楚明白地听见了恐怖之声。

那欧洲呢？很好，谢谢。对勒庞③在法国的露头毫无自省，只是看着作为欧元标杆的德国马克的汇率便欲以诸如"抒发不满"或"劝告性请愿"等婉词粉饰着种族主义与新纳粹主义的崛起。

一个古老的幽灵在欧洲游荡，却非共产主义④，而是公民精

---

① 纳粹德国三大中心集中营之一，于1933年3月建立于德国巴伐利亚达豪市附近。

② 也被称为克恩顿，奥地利最南面的一个州。

③ 让·玛丽·勒庞（1928—　），法国政治家，极右党派国民阵线领导人，曾说过，纳粹分子屠杀几百万欧洲犹太人只是"二战"中的一个小插曲。

④ 引自《共产党宣言》首句：一个幽灵，共产主义的幽灵，在欧洲游荡。

神——它必须再次走上街头，将所有这些污物一概扫清，当这事发生的时候，费德里科·无名也将终于找到他以警敏的听觉与不屈的记忆所苦苦追寻的正义。

科洛阿内

它是与澳门近在咫尺的一个小岛的名字①，也是那个长着白发银须、生活在巴塔哥尼亚与火地岛②的无垠疆土上的大个子的姓氏。弗朗西斯科·科洛阿内③，我们这些朋友都称呼他为笨牛先生。

直到一九八八年，这位八十八岁的巨人的小说才首次在欧洲发表，而在南美，他早已拥有数以百万计的读者。或许有人会问：这样一位作家身上有哪点称得上边缘了？而我对此的回答是：他的一切。因为笨牛先生代表着最崇高的边缘性——绝无还价的正派，发自内心的大度——这在文学的小世界里实属罕见。

---

① 位于澳门氹仔岛以南约两公里的路环岛在葡语中与科洛阿内（Coloane）相同。
② 南美洲最南端的岛屿，面积约48700平方公里，通常划归于巴塔哥尼亚。
③ 弗朗西斯科·科洛阿内（1910—2002），智利小说家。

作为《火地岛》《巴克达诺最后的见习水手》《白乡巴佬》等一系列值得纪念的小说的著者，笨牛先生不曾以一名作家自居，他从未穿上所谓作家当穿的衣服，也从不谈论所谓作家该谈的话题——以其叙事者的胸怀以及海员的气度，只有在卑微的人们中间，只有在与之分享着红酒、希望与哀伤的人们中间，他才会感觉安适自如。笨牛先生曾为驱动着智利百姓的每一场正义斗争赴汤蹈火，他的肩上背着失败无数，却从未让一星希望从他的帆中抖落。当构思着最初的短篇的青年，他是为火地岛的渔民与羊毛工争斗；当撰写着处女长篇的汉子，他是打开家门欢迎着从西班牙来的流亡者；当发表了数部小说的南海船长，他是再次敞开屋门接纳着被皮诺切特政权迫害的人们。而今他是须发皆白的小伙，他的家又成了失踪者的家属与仍抱希望的智利年轻人的安睡之所。

有太多耍笔杆的一听见他的名字就蹩起了鼻头。"就是个二流作家。""写冒险小说的。""评奖机构哪能看上他呀。"边说边拈起了小咖啡杯，纤细的小拇指翘得老高。

法兰西文学艺术骑士①的头衔并没有让笨牛先生对学界产

① 科洛阿内于 1997 年被授予该勋章。

生任何好感。我想起了圣马洛 ① 的一场晚宴，笨牛先生恰是坐在一众学院派人士中间，邻桌的那位打破了一只汤杯，而笨牛先生将杯把揣进了口袋。稍晚些的时候，他把它当做戒指戴在了手上，跟我说："这是我们海员的武器，在这种环境下，谁都不知道会发生什么。"

当我在希洪笔耕，笨牛先生也在圣地亚哥家中做着相同的事，包围着他的是海的物件与朋友们的相片。他在写一本小说，关于麦哲伦海峡的千场海难，以及被葬在蓬塔阿雷纳斯 ② 的没有名字也没有祖国的海员。弗朗西斯科·科洛阿内，他以全部的力量与兄弟般的爱，书写着这个世界上最边缘的人们。

---

① 法国的一个海港城市。
② 智利最南端的海角。

情　人

从圣多明各-德洛斯科罗拉多斯去往艾丝美拉达 [1] 的狭窄公路会通过一座就悬挂在艾丝美拉达河湍急水流之上几米处的铁桥。极少有人会在从铁桥旁伸展开去的小村中停驻，尽管它有个极富许诺意义的名字：黄金镇。

一九七八年的一个早晨，一位卡车司机在那儿把我搁下，而后我朝码头走去，想看看有没有哪艘小船能把我载去上游，可那儿一个人都没有，于是我坐到背包上开始等待，闲听着不远处的雨林中不休的窸窣。

在炙热的领地必须学会等候，永远别让时间成为你的包袱。如此想着，等着，一叶小舟就靠了过来——划着它的是一个体格健硕的黑人，只见他跳上岸来，把船拴紧，在我身旁坐

---

① 　均为厄瓜多尔城市。

下，卷了一根纸烟。他发觉我在看他，便问我是否也想来一根，顺手把装着烟草的袋子和纸卷一并递给了我。

"您这是要去哪儿呢？如果可以知道的话。"

听到我说我只是想溯游而上去看看奥卡人①的村落时，他两眼直瞪瞪地盯着我。

"这么说您是打算去会一会奥卡人了，那他们呢？他们愿意见您吗？"

我着实不知该如何回答，于是我们保持沉默，直到他再次将烟叶递了过来，说他可以把我带去距此三个小时船程的卡瓦里欧。

"可是我们得先等到我的情人过来。"他加了一句。

等待的同时，他跟我讲起了奥卡人，他们避免与陌生人发生任何接触，生怕不知名的疾病将他们大肆屠戮。他也谈到了卡瓦里欧，在这块黑人垦殖者的飞地里，人们靠着木薯的种植以及雨林的馈赠安静生活。

"在卡瓦里欧我们过得都还不错。只要它还能维持下去。"他说。

---

① 厄瓜多尔东部森林中的印第安人，有封锁领土不让外族进入的传统。

几近黄昏时分，一辆车在桥边停下，从车上下来一个俏丽的黑人姑娘——玛格丽特——她径直跑来扑进了鲁本斯的怀抱，直到这时我才知道这个与我一同等待的男人的名字。

我们于晚霞中穿行，驶入了雨林浓密的夜。鲁本斯像是对每段河道都了然于胸，无论涡流、树干还是巨石都被他娴熟避过。抵达卡瓦里欧时，蚊子收起了它们的怜悯，于是两人一将小船安置停当就请我住进了他们家里——墙是用甘蔗搭的，屋顶则是用棕榈，他们一边嚼着炸木薯片，一边跟我讲起了他们的事情。他们爱得汹涌，爱得疯狂，却从未想过要结为夫妻。这离经叛道的爱唤来了神父（他们会一年两次在艾丝美拉达河流域巡游，为人们办理婚姻手续）与新教牧师（在夏季语言学校供职的美国佬，大惊小怪地痛斥他们为姘居男女）的仇恨，而对鲁本斯与玛格丽特来说，互为情人正是对这帮家伙快乐的反击。

我在卡瓦里欧待了两个礼拜。当玛格丽特履行着她卫生员的使命，鲁本斯与我则垂钓着肥美的刮筏鱼①——再配上椰浆就成为了我们晚餐的佳品。我们在过往的独木舟上见过几次奥

_____

① 厄瓜多尔人对长丝拉蒙特甲鲶的别称。

卡人。他们是哀伤的原住民，有从不望向岸边的狭长的眼睛。有一回我们三个一同出去打猎，在一堆冷却的篝火旁发现了两个死去的奥卡人。玛格丽特看了看他们，愁闷地摇了摇头，两人周身都布满了水痘，自杀是他们避免危及部落的唯一路径。

"你还想去奥卡人的地盘吗？"鲁本斯问道，他在收集干柴，准备焚烧尸体。

我告别这对爱侣是在一个急雨的清晨。丛林静默，许是为此，我们清楚听见了骇人的电锯的轰鸣。社会的进步以美国胶合板有限公司的形象来到了厄瓜多尔北部的这片雨林。

载我回到路旁的小船渐渐远去，雨中的他们也像平日里一样手拉着手。我将如此的二人存放于我的记忆，如此的二人，尤其是在今日，一张近照中，黄金镇已是茕茕孑立于业已荒漠化的大片土地。

不知道玛格丽特和鲁本斯现在怎样了？那对情人，与只存在于我回忆中的那片丛林。

加斯菲特 [1]

这是智利人对水管工的叫法，而科雷亚师傅正是一位自豪的加斯菲特。"除了死亡，没有什么是不可修复的。"老旧的工具箱上刻着他的道德准则。信守着这条格言的他奔走在圣米盖尔、西斯特纳与格朗哈的大街小巷，修理着管道，排除着搅人清梦的漏水，以煤油喷灯焊接着生活的裂痕。

几乎所有的加斯菲特都会在一大早匆匆离开他们的工人街区，吊挂在满满当当的公交车上赶往"上城"——那是富人的地盘，是遥远而异质的另一个智利；那里遍地都是工作，时不时还会有某位慷慨的东家以小费相赠。

科雷亚师傅厌恶"东家"这个词，所以他从不离开自己的

---

[1] 由意为"煤气管道修理工"的 gasfitter 音译，在智利西语中表示"水管工"。

圈子；只有在这里他才觉得自己不可或缺，因为在有钱人家，若是什么东西坏了，人们总是一换了之，而与他一样的穷人则得尽可能地延长物品的使用寿命——他指尖的机巧正是为此而生。

他以锐利的眼神检查着那个渗水的阀门，面对女主人"挺难修的吧，是不是考虑换个新的"的提问，他先是把制造商狠狠地夸赞了一番，论及其用材之精致，零件之考究，细微之处无不体现着装饰风艺术 ① 与包豪斯风格。一顿褒美之后，他开始以外科医生的精准拆解阀门，而后甩出了那句："除了死亡，没有什么是不可修复的。"

他不喝酒，因为在他看来，平稳的脉搏是他手艺的根本。从旧书店里淘来的建筑刊物总能让他无比兴奋，谈到新材料时他甚至可以激动得热泪盈眶。去看学生奥运会是他所能允许的唯一奢侈，在那些运动员身上，科雷亚先生见到了完美的肌理——绝无霉点，绝无锈痕。

一年之前，他自觉不适，医生诊断他已到了癌症末期。他

---

① 也被称为艺术装饰风格，发源于法国、兴盛于美国的一种重要建筑风格。

怔怔地看着搁在床头的喷灯，脸上写着忧虑与不安，不是因为面对着死的必然，而是因为想到了倚靠他的双手存续的那么多水阀与软管将要面临的绝望与无援。

必须做些什么。而他确去做了。他用最后的力量叫来了他认为最亲近的主顾。他告诉她们，这个世界不能任凭锈垢摆布，他要将所有的秘技都分享给她们。

几天前，在圣地亚哥，他女儿多丽丝跟我讲起了那个水管工大学：工具从一只手传递到了另一只手，学徒们像在密宗接收仪式上一样诵念着技术词汇。科雷亚师傅的葬礼上人头攒动，除了家人与乡邻，更引人注目的是女加斯菲特们的连队。

我不曾在意也毫不在意富人区里发生的事，但我之所属——圣米盖尔、西斯特纳与格朗哈的命运却让我牵挂。我欣慰地得知，科雷亚师傅的学徒们已经身背工具走上大街，走进千家万户，叫水流畅通无阻，纯净无垢，就像穷人们共守的热诚，永远不会腐朽锈蚀。

圣诞快乐!

　　一九八一年十二月的一个上午,我在汉堡机场的酒吧里等候着一位亲爱的荷兰友人。我们最后一次见面是在一九七二年。有如此大段的空白要用故事填补,红酒肯定得喝干几瓶。我一边想着这个,一边吞着黑啤,读着《国家报》的当儿——那些年里它总是迟一日来到德国——只听一个女声用西语问我借看登有天气的那页。而后我便发现了这位标致的女子,她金发披肩,生着一双绀碧色的眼睛。

　　打过招呼之后,我将气象版递给了她,随之就听见了她的抗议,因为上头丝毫没有提及马那瓜[①]的天气。于是我们略微聊了几句。我告诉她,我在等的是我九年未曾谋面的朋友;而她坦承,她在等的是她四年不曾相会的挚爱。最后我们结伴走

[①] 尼加拉瓜共和国首都。

158

向了到达出口，注视着手推行李车而出的大批旅客。

我朋友出现了：库斯·库斯特，与我记忆中的形象分毫不爽——高大的个头，不修边幅的打扮，衬衫必定是格子的，脑门上还得吊着一绺刘海。同往常一样，库斯身背着摄影机。只见他迈出大门，朝我挤了挤眼，张开双臂，却搂住了那位金发碧眼的小姐。

我们就在那个空港酒吧里完成了自我介绍。她叫克里斯塔，是个外科医生，于莱比锡的一次尼加拉瓜友好合作仪式上与库斯结识。库斯对她说起了我们在南智利的事迹，我们作为社会活动家将阿连德托上了权位。随后，在另一个酒吧里——这次是在海港——克里斯塔谈起了她逃离东德的经历。两人一同告诉我，他们预备一完婚就飞去尼加拉瓜定居。克里斯塔可以在马那瓜找家医院工作，而库斯则可以作为驻中美通讯员为Ikon 电台①服役。美丽的计划，我们以一声"圣诞快乐！"抒发着我们的祝愿——去他妈的祝愿。

接下来的几周里我们天天都在一起，直到二月，库斯说他得去萨尔瓦多拍两段片子。我们说好等他归来要去机场给他接

———————————

　① 　荷兰的一家广播电台。

风，可这个诺言最终却没能兑现，因为库斯此去就再也没有回来。

库斯·库斯特是被萨尔瓦多军方暗杀的，与他一同罹难的还有另外四名荷兰记者。美国军事顾问在幕后策划了这一切^①。

一个冰冷的清晨，我们将库斯的遗体葬在了荷兰一处小小的墓地里。克里斯塔的湛蓝眼珠盯着霜冻的大地。"我走了。"她小声说道。我问她要去哪儿。"去顶替我的伙伴。"她这样回答。

没有比送别一位即将踏上战场的同伴更为沉重的了。不，这不是比喻，我说"踏上战场"，因为克里斯塔成为了萨尔瓦多游击队的一员。很自然地，在这之后的许多年里，她都杳无音信。我们以一句"圣诞快乐！"作别，同时决定将其作为我们永远的问候语，因为每当从口中说出这句话的时候，我们三个就重聚到了一起——圣诞快乐！

一九八六年，我以记者的身份去了萨尔瓦多，我辛苦找到

---

① 1979 年，萨尔瓦多改革派革命军政府上台。无论极右和极左势力均不满意该政府，冲突发生并逐渐演变为美国支持的政府军与古巴支持的反对派游击队（即法拉本多·马蒂民族解放阵线）之间的内战。

了秘密组织的线头，又求马仔把我带去了查拉特南戈解放区①。在那儿的一个小村里，我见到了一位有着绀碧色眼睛与披肩金发的战地医生。"维多利亚同志。"他们这么跟我介绍她的名字。

"圣诞快乐！"我说。"圣诞快乐！"她回答着。

不能让别人发现我们认识：这太危险了，尤其是对我而言。于是我们只能默默对望着——而后是我独望着她，她戮力救护着几十个伤者，讲解着如何从椰肉中提取血清，在风吹雨淋中开展着手术，以最先进的方剂或最简单的药草医治着伤病。

"维多利亚"医院的全部设施包括四张吊床、一张竹编的手术台，为绷带与手术刀消毒用的一小锅沸水，以及永远放在两位助手包中的各类药品。我从未觉得生命如此脆弱。我从未见到生命被捧在更温柔的手里。

每当政府军对游击队据点发起空袭，医院就得被迫转移到另一片丛林。伤员们会被抬上担架，手术工具全得收进包里，而"维多利亚"则负责为人们注入安慰、注入抗生素、注入生机。

---

① 萨尔瓦多西北部的省份。

据我所知，她活了下来，并在战后继续经营着一家郊野医院。在我家的一角至今保存着几本埃里希·穆萨姆①的诗集，那是克里斯塔临走时留下的东西。

无论你身在何处——克里斯塔，"维多利亚同志"——圣诞快乐！

---

① 埃里希·穆萨姆（1878—1934），德国犹太人，反战的无政府主义者，散文家、诗人、剧作者。

干　弟

干涩而多汁的一个词，刚硬而柔软的一个词，由"干亲"与"兄弟"各取一字所构成的词①。每当孤独窥探，我会重复着它，它总能带我去到我在哥斯达黎加、尼加拉瓜、萨尔瓦多与恰帕斯②的那么多干弟身旁，尤其是那个生活在加莱塔奇卡的——那是塔尔卡瓦诺③附近的一个小镇，就在智利阴冷潮湿的南方。

一九六八年，我们为他的独子施行了洗礼，用的是海水，只因他生在太平洋的岸边。作为孩子的干爹，我送了他好几块松软的羊皮作为摇篮的衬垫。而派对上，我们大嚼着亲家母所

---

① 原文标题"compa"是意为"干亲家公（即孩子的亲爹对孩子的干爹的称呼）"的西语词"compadre"与意为"兄弟、伙伴"的西语词"compañero"共有的词首部分。

② 墨西哥东南部的一个州。

③ 智利西部太平洋沿岸的港口。

烹制的美味海鲜，以大杯红酒欢庆着互称"干弟"的亲切。

我的干弟是个寡言的男人。好多次我来到他的家中——唯一有天竺葵围着的那栋房子——即便有几个月未见，他也总会问我："想吃什么，干弟？"而我每次的回答都是："你知道的，干弟。"

说完这句我们便会整装出征。他会穿上四五件羊毛马甲，钻进那套补了又补的潜水装备，叫助手仔细调整好头盔上的固定螺栓，套上铅鞋，站上船舷边的那根短杆——而后他会发出指令让我们把他降到冰寂的深海里。

他慢慢消失。从这一刻起我会看紧吊杆的动作，而助手得负责那条将他与生命连接的给气管。

那头一搋表示干弟已触海底，整条船上只听见那位助手的祈祷声——他已将天主经认作泵气的不二法门。不知过了多久，干弟探出水面，怀里抱着硕大的海物，揭开了天竺葵小屋庆典的序篇。

十五年来我们不曾相见，一九八九年我终于被允许回到智利，我做的第一件事就是前往加莱塔奇卡。

房子一点没变，天竺葵好像还增多了些，但悲伤却印在了亲家母的侧脸。我问起我的干儿子，她几乎没敢说出"大海把他带走了"这句话，因为就在此刻，干弟出现在了我的身边。

我们拥抱。我们抱紧。我们哭泣。当我终于意识到我该说些什么，譬如"我很抱歉"，干弟突然按住了我的双肩。他直视着我的眼睛。"想吃什么，干弟？"他问。"你知道的，干弟。"我答道。

地球之南的人们懂得，柔软该用刚硬去守护，伤痛无法让我们停步。一九八五年，风暴夺走了他的独子，我干弟正在地下与独裁战斗，他甚至没能去参加抛花仪式①。他同样哭了他该哭的，只是时间迟了许多，地点是在静默的海底，在他潜水头盔中的小小宇宙。

我们每两年才会相聚一次，可距离和时间又有何紧要——我确知智利的海岸线上有一座被天竺葵环绕的小屋在等候着我，而在全球不计其数的渣滓中有自食其力的人们的尊严在守望。

---

① 当地习俗，对在海上死去的人要举行向海抛花的仪式。

寂静之声

一九九六年三月，圣地亚哥一家书店的店主告诉我一个消息。

"几天前来了个奇怪的家伙，手里拿了张从报纸上剪下来的你的照片。说这家伙奇怪，还真没见过那么奇怪的，他也不说话，单拿照片给人家看，在这儿一待就是好几个小时。后来嘛，也没什么可说的，我们把他轰出去了。"

没什么可说的。我痛恨由别人决定的"没什么可说的"。我想知道更多的细节，可店主已经不记得那位神秘访客有什么其他特征了。我没好气地离开了书店。正当我沿街而下的时候，我感觉有只手拍了拍我。是那书店的收银员。

"我不太确定呵，可我好像还在别的地方见过那男的，他年纪不大，精瘦精瘦的，常站在市场门口，好像在等着什

166

么人。"

一连几天，于不同的时刻，我在圣地亚哥中央市场①的楼宇间游走。这座古朴精致的建筑出自埃菲尔②的高徒，其中陈列着来自海陆最非凡的产出。我见到成百上千的男男女女领着袋子出来，见到大批大批的吉卜赛人预备去捞些生鲜果腹，见到人小鬼大的娃娃售货员们在奋力吆喝，见到双目失明的歌者们唱着怀乡的探戈曲，而那个瘦削的男人——我一定认识他——却踪迹全无。

直到第四天的傍晚我才遇见了他。我只觉胸口一阵翻腾，因为在我面前站着的是一位可敬的伙伴。如同其他许多人一样，他早已被我遗落在了世界的某处。我拥抱着他，说出了对于他我唯一的所知："奥斯卡。"——这是近二十年前我在基多初识他时他告诉我的名字。可此刻的"奥斯卡"却没有伸手。他甚至毫无反应，即便我在摇晃着他的同时不住地告诉他"是我，是我"。只见他像溃败者一样垂下了手臂，微微向前斜下了头，双眸浸隐在水帘之后，生生截住了眼泪的去路。

---

① 建于19世纪下半叶，曾被美国《国家地理》杂志评为全球十佳美食市场第五名。
② 即古斯塔夫·埃菲尔（1832—1923），法国著名建筑大师。

我们对望着。我竟不知道他真实的名字。我们相识在最严酷的年代，即使正处流亡之中，也得靠隐姓埋名的定律施行拯救——被知道的越少，就越有机会存活。

　　他的眼里写着亲切，于是我投出了更多的问题：你怎么了，你住在哪儿，要不要喝点什么。可他不发一语。我开始自问他是不是聋了。

　　我们就这样度过了永无尽头的两个小时。我不停地讲着，而"奥斯卡"以瞳孔中的光亮，一种我无力解读的语言作答，直到一个女人——那些以皱纹提醒着人们独裁统治不但夺走了我们的亲友还偷走了我们的年华的未老先衰的女人中的一个——警觉地走了过来，以哀伤的声调告诉我，"奥斯卡"无法言语，尽管他在经年的残疾之后终于能够艰难迈步。不过，很显然，他听得见我。

　　之后她面有难色地跟我说，这会儿她得带他去市场厕所。我提议陪他们一块去，却被女人婉言谢绝——她说这样做的话会令我的朋友大感困窘。

　　"您就等在这儿吧。我们五分钟就回来。"而他们没有回来。

　　自那天起的整整三年里，我在所有去过厄瓜多尔的智利人、阿根廷人与乌拉圭人中苦苦寻觅着那位名为"奥斯卡"的朋友。可谁都对此毫不知情。我一无所获。正当我准备甩手的时候，与一个委内瑞拉人的一次偶然的相遇却将"奥斯卡"的故事铺展在我眼前。现在我将开始这段讲述，顺借所有美丽传说所共有的那句充满魔力的开头一用。

很久很久以前，有一位出身在平民百姓家庭的男孩，他一边努力工作，一边苦学着电工。他有一个心愿：要照亮他的祖国，叫谁也不会在黑暗中与暗礁相碰。就这样，他在阿连德执政时期成长为一名工会领袖。战败之后，他流亡异国，照亮世界的梦想将他带去了尼加拉瓜，到了那儿，他又开始了与索摩查①的战斗。之后他从尼加拉瓜秘密返回智利，去结束笼罩在祖国头顶的暗影。一九八二年的一天，他落入了屠戮者之手，无边的持守支撑着他，他一个字都没有说，他不曾在其他囚徒中寻找自己认识的脸庞，也从未做出任何可能危及同伴的事。见最残忍的折磨也无法击碎他的意志，刽子手决定将他移作他用。他被作为诱饵扔进了荒芜的旷野，成了衣衫褴褛的残废之

---

① 安纳斯塔西奥·索摩查·加西亚（1896—1956），尼加拉瓜独裁者，1936年发动军事政变夺取政权，1956年被刺。

人，整条脊柱都已严重扭曲，连眼皮都没法动一下。他一方面是恐怖统治甩出的最清楚明白的讯息，同时又是绝佳的陷阱诱捕着最团结的斗士们。

很久很久以前，有一位男孩，一位电工，他以残破与缄默打造了一座坚不可摧的城堡。

很快"奥斯卡"将去欧洲，会有专家为他提供治疗，届时——但愿一切顺利——他将亲自道出他真正的名字，讲述他至今不可取代的经历，用他工人的声音永远终结黑暗与寂静。

干杯，加尔维斯老师！

今年九月十一日将是智利那场血腥的军事政变的二十五周年纪念日 [1]。这一阴谋结束了智利堪称典范的民主政治，令数以千计的男女老少从世界上消失，几十万南国 [2] 百姓经历着鞭笞拷打，被迫走上了流亡的道路。

纪念册里将会提到许多名字，萨尔瓦多·阿连德——一个奋战到生命最后一刻的高尚的男人——确实值得大书特书；而忆及背德统治的直接头目时人们一定会恶心犯呕，尤其是想到那些以美元拨旺罪恶之火的无耻之徒。

将会有不止一人戏仿起鲍里斯·维昂 [3]，问起亨利·基辛

---

[1]　本文写作时间为 1998 年，与政变发生时的 1973 年相隔二十五年。

[2]　智利人常将自己的国家称为"南国"。

[3]　鲍里斯·维昂（1920—1959），法国作家，成名作《我要到你的坟头吐唾沫》曾引起轰动。

格^①死了没有，那样就能到他的坟头去吐口唾沫。而更多的人只会怀念着被斩断的美梦，追忆着被打上镣铐与枷锁的美好青春。

而到了那一天，我会起开一瓶智利红酒，为卡洛斯·加尔维斯——加尔维斯老师，尊严的传道者——干杯祝福。

一九七三年九月十一日，加尔维斯老师在智利南部奇廉^②附近的一所乡村学校教授西班牙语。他年过六十，是个鳏夫，仅存的亲人是在康塞普西翁^③大学攻读农学的儿子，以及他的学生。

那个儿子，如同其他千千万万年轻人一样，有一天也被那恐怖的机器给吞了进去。两年来，卡洛斯·加尔维斯先生敲遍了每一扇门，跟遇上的每一个人对话——无论他（她）是随和或孤僻，坦然或恐惧，同情或鄙弃——听见过嗤笑与谩骂，但也有安慰的话语。他从未停止过努力，直至找到了他；他已颓为废人，但依旧生存。

---

① 亨利·基辛格（1923— ），美国外交家，前国务卿，有舆论称其在尼克松政府任职时曾直接策动智利政变。
② 智利中央谷地中的城市。
③ 智利中部一城市。

一九七九年，卡洛斯·加尔维斯先生，"社会主义者，心无敬畏之人，嗜酒之徒"，得以将儿子救出监狱。后者被送去了联邦德国，成了又一名流亡者，但依旧生存。

当许多智利人终于拾回了旧日的生活，酷刑的后遗症却开始向他们追讨起债务。卡洛斯先生的儿子即是其中之一。他于一九八一年客死汉堡。加尔维斯老师拖了个小皮箱就飞去欧洲，赶去参加儿子的葬礼。

我是在墓地认识他的。那是二月里的一个冰冷的早晨，树木的冻枝让人联想到幽寂的水晶之森。卡洛斯先生站在墓前，念着塞萨尔·巴列霍 ① 的诗篇：他常以拇指在空中写着，Biban伙伴！以心中雄鹰的字母 B 写着，Biban 伙伴！②

一个流亡者又能在身后留下些什么？两张照片、马黛茶壶、银制吸管、几本聂鲁达的书。卡洛斯先生把它们全都装进了小箱里。几天之后，他便启程返乡。可刚回到圣地亚哥机场的他却被工作人员拦了下来，后者说他不能入境，因为他在德国开展的反动活动——他仅是参加了儿子的葬礼——令他丧失

---

① 塞萨尔·巴列霍（1892—1938），秘鲁诗人。
② 西班牙语中字母 b 与 v 发音相同，本诗中将"万岁"（vivan）的首字母 v 替换成了"雄鹰"（buitre）的首字母 b。

了继续生活在智利的权利。

卡洛斯·加尔维斯先生，加尔维斯老师，他与他的小皮箱一起回到了汉堡。不出三个月，他已能说一口不太差的德语，用来在地铁出口卖报已是绰绰有余——有尊严的人只食自己挣来的面包；而半年之后，在"正座"文学小组的西班牙移民的帮助下，他开始给西班牙人和拉美人的孩子讲授西语。将近花甲之年的他充当着流亡者中的和事佬，修正着政治文件中的拼写错误。每天早上，天还没亮，他都会去港口遛上一圈。

"那儿有两艘智利船，我就跟水手们略微聊会儿。"这是后来他告诉我的，当时我们正一起用着早餐。每个周一和周五，卡洛斯先生都会还我一本书，再借走一本：马查多、莱昂·费利佩、米格尔·埃尔南德斯、加西亚·洛尔迦、阿尔维蒂①，他们成了他灵魂的兄弟。有几次，未令他察觉地，我在远处看着他读书的样子：他裹着厚衣，戴着手套，坐在城中某个公园的一角，他突然合起书本，将它按在胸口，抬眼望向汉堡冰灰色

---

① 马查多（1895—1939）、莱昂·费利佩（1884—1968，本名费利佩·卡米诺·加西亚）、米格尔·埃尔南德斯（1910—1942）、加西亚·洛尔迦（1898—1936）、阿尔维蒂（1902—1999），上述五人均为西班牙内战时期反法西斯主义的共和国派诗人。

的天际。

一九八四年，我们一同去了马德里——这是他首次也是唯一一次西班牙之行——在希洪咖啡馆，坐在或曾被某位诗人占据的桌前 ①，我见到他哭了起来；刚硬，倔强，只有有故事的老者才这样哭泣。我有些担心，便问他是不是身体不适，他的回答却向我揭示着最无可辩驳的真理："我们回到祖国了，你明白吗？我们的语言就是我们的祖国呵。"

一九八五年的冬天太过冷酷，肺炎将卡洛斯先生带去了墓里。就在他被送进阿尔托那医院的没几天前，我到他的单人公寓去看过他，发现他整个人都沉浸在做了美梦的幸福里："我梦见我在小教室里教着规则动词呢，下边坐着的都是特别小的小孩子。你知道我醒过来的时候，这一手的粉笔灰呵。"

于删砍着我们生活的罪行肆虐的二十五年后，我举杯祝福。干杯，卡洛斯·加尔维斯先生！干杯，加尔维斯老师！Biban 我的伙伴！

---

① 希洪咖啡馆历史上一直是文人的聚集地。

黑姑娘与白姑娘

我看见她们走在威尼斯的街道。我时而在后，时而趋前，为了更好地观察她们，为了更多地品赏她们，因为二人如此姣丽，以四十五岁时才得收获的非凡的美——在喜悦、不幸、吮吸至最后一滴的爱以及永不停歇的叱责中熟成的美——包蕴着这个秋日的傍晚。

她们的相识不是在公园也不是在舞会，而是在那个将被永远铭刻于世界丑恶地名册中的、被称为格雷莫迪山庄 ① 的阴森古屋的地下牢房。

那是智利圣地亚哥的一个夜晚，黑姑娘被拖出了家门，他们生拉硬扯地将她从儿子身边拽开，不容分说地把她扔到了一辆没有牌照的车上，用一卷胶布隔绝了她与这个目力所及的

---

① 智利独裁时期的一所监狱。

世界。

二十五年后的今天，她望着倒映在运河水中的太阳，微笑起来。

那是智利圣地亚哥的一个夜晚，白姑娘被拖出了家门，他们生拉硬扯地将她从儿子与被暗杀的同伴的相片边拽开，不容分说地把她扔到了一辆没有牌照的车上，用一卷胶布隔绝了她与这个目力所及的世界。

二十五年后的今天，她望着覆盖了整个圣马可广场的鸽子，微笑起来。

并非白天，并非黑夜，黑姑娘在第一轮讯问后裸着身子，以颤抖的手微微撩起了蒙住眼睛的那条绷带。时间死了。时间无边。黑姑娘只见自己的身体遍布着拷打的血肿与电击的灼痕。而后她咬着嘴唇，以这世界最大的爱默念："我没有说，我什么都没有告诉他们，他们没能战胜我。"

并非白天，并非黑夜，白姑娘在第一轮讯问后裸着身子，以颤抖的手微微撩起了蒙住眼睛的那条绷带。时间静止了。时间失去了规则。白姑娘只见自己的身体遍布着皮靴的污纹与刺棍的殴痕。而后她咬着嘴唇，以这世界最大的爱默念："我没有说，我什么都没有告诉他们，他们没能战胜我。"

诚然，二人都哭过，却只在片刻，因为我们这一代的光荣女性不会允许痛苦凌驾于责任之上。所谓责任，即是筑起缄默，瞒过那些披着制服的恶棍，抗争。

　　当她们在二十五瓦的微缩阳光下初见对方，两人紧紧拥抱着，以难友的身子取暖。那是藏于地下的满溢着人性的智利的温度，那是斗争者的责任的温度。她们互相疗伤，继而交换起了所有她们得到的点滴信息。

　　"我觉得我们应该在这儿。""那混蛋叫作克拉夫·马尔申科，真是禽兽中的禽兽。""我看到他们把两个动不了的姐妹运出去了。""电刑之后千万别喝他们拿给你的水。"

　　从一个小孔里，刽子手们窥探着她们的一举一动。她们倒了——这是他们的说辞；她们垮了——这是他们的论断。可怜鬼们！他们不曾明白，这两具肉身已构成了抵抗的单位。

　　二十五年后的今天，她们回想起当时自己还说过其他的话："你的睫毛膏花了。"黑姑娘慰抚着白姑娘淤青的眼睛。"你这唇膏可真够难看的。"白姑娘轻触着黑姑娘肿起的唇瓣。

　　她们在狱中旅行。于酷刑和酷刑之间，她们走过罗马、伦敦、托莱多、圣保罗。她们唱着塞拉特^①和维奥莱塔·帕拉^②，她们朗诵着安东尼奥·马查多和巴勃罗·聂鲁达。她们以幸福的记忆烹制着美餐。黑姑娘是个诗人，她想成为一个伟大的诗人；白姑娘是位记者，她想成为一位伟大的记者。

二十五年后的今天，卡门·亚涅兹，黑姑娘，她的诗作已在西班牙、德国、瑞士和意大利出版；而马尔西娅·斯坎特布里，白姑娘，她的文章已被印成了各种文字。

我看她们走着，她们多么漂亮！我时而在后，时而趋前，只觉得她们愈发闪亮。她们所经之处白鸽纷飞，在空中写下了："干杯姐妹！"日本人、意大利人，还有那个完全看不出国籍的游客，不约而同地向两人投去了挑逗的目光。她们微笑着记起了格雷莫迪山庄里那个穿军装的暴徒，当时他搜遍贫瘠的军中秽语，寻出了"极左的妓女"一词来将二人辱骂。

黑姑娘与白姑娘。卡门和马尔西娅。这是她们赌上一切的骄傲以及坚定不移的步伐。她们述说着爱的身体里保存着所有逝去者的爱。她们诱人亲吻的唇哀喘过，却从未说出一个人、

---

① 塞拉特（1943—　），西班牙歌手，其创作的歌词深受马查多、莱昂·费利佩等诗人影响。
② 维奥莱塔·帕拉（1917—1967），智利歌手，与塞拉特常有合作。

一棵树、一条河、一座山、一片林、一条街、一朵花。她们不曾向屠夫透露过任何线索。而她们沐浴着灿烂也闪烁着辉泽的眼睛曾为我们的死者泛着泪光。

二十世纪七十年代的迷你裙小姐，不安于教室的淘气女孩，爱与思想的叛逆先锋，灵魂和希望的忠实伙伴。看着她们的我多么自豪，我永远的俏丽姑娘！